# APRÈS NOUS LE DÉLUGE

YVAN ROBIN

Les éditions in8

*À Margot.*

La veille du premier jour, rien ne vint perturber l'ordre immuable du monde. Le Fils salua le Père, et quitta le taudis avec sa canne de bambou sur l'épaule.

Derrière une taie de monoxyde, le soleil plongeait hommes et bêtes dans la touffeur. L'ombre imposante de l'édifice démesuré, en surplomb du fleuve, abritait la frêle silhouette du Fils qui remontait la sente. Au-dessus, presque émanée du ciel, la rumeur des camions de marchandises perdus dans les ralentissements lui parvenait déformée par l'altitude. Le Fils marchait en aidant sa jambe fléchie de sa main libre. Son corps formait un angle aigu avec la pente raide. Outre la tige de bambou qui reposait sur une épaule, la lanière de sa sacoche de cuir sur l'autre, il ne portait qu'un pantalon de coutil blanc coupé à mi-mollet et un débardeur élimé de son père. Il mâchait un brin d'angélique. Dans le sac, se disputaient son livre, un coutelas de foire, une boîte en fer, deux lignes de rechange, son sifflet de métal. Malgré l'accablante chaleur, il aimait à déambuler seul de sa bicoque au lac. Gravir la butte et voir disparaître la peau de ses pieds nus sous la poussière du chemin bordé de broussailles. Parfois il escaladait encore, jusqu'à la chapelle qui offrait une vue panoramique sur la cité, la vallée enclavée et les montagnes proches, aiguisées comme les dents d'un monde affamé.

Il aimait que s'étire en guimauve, le jour d'avant celui de la reprise des cours. Il aimait à le faire durer plus que de raison, en regardant le bouchon de sa ligne des heures durant, et la trajectoire du soleil flou que renvoyait la surface du lac. Assis parmi les racines d'un saule, dont les branches procuraient l'ombre et l'intimité propices au recueillement, il pêchait.

Il dépassa le sommet de la butte, fit halte à la décharge. Autrefois, des lièvres bouquinaient dans la lande, parmi les mufliers sauvages. Il écarta du pied les bidons cabossés, souleva un pneu à la gomme fendue. Entre deux carcasses de voitures, il exhuma celle d'un chien. Ses mains fouirent dans le fumier des entrailles, sans dégoût. Ses doigts saisirent d'indolents asticots. Dans la terre rendue meuble par une flaque d'hydrocarbure, il délogea un lombric de bonne taille, que la lame de son couteau tronçonna en petits rouleaux de chair brun rosé. Il enferma ses leurres dans sa boîte de pastilles vide et reprit son chemin.

Le Fils lança la ligne, le bouchon jaune taillé dans le liège se stabilisa. Il attendit en éprouvant le passage des minutes avec une jubilation toute enfantine. Ce jour allait durer, et cette pensée à elle seule éloignait le lendemain. Chassait la promiscuité de la salle de classe, la voix docte du professeur, et l'ennui véritable du confinement qui l'accablerait dès le matin.

Il laissa le bouchon tressaillir trois fois, avant de ferrer sa prise d'un mouvement sec et habitué. Il souleva sa canne, sortit des eaux turbides une perche arc-en-ciel de taille égale à son majeur. Les autres espèces avaient pour la plupart déserté les étangs depuis la fin des saisons. Il ne restait que des perches, des anguilles sournoises et des catfishs aux longues moustaches. Pour ne pas sacrifier son bas de ligne, le Fils tenta de dégorger le poisson avec une branchette, puis se résigna à couper le nylon d'un coup d'incisive. L'hameçon resterait dans les tripes de l'animal. Il ne le retrouverait qu'en dépiautant la chair bourrée d'arêtes, au moment du dîner.

De son sac, il sortit un nouveau bas de ligne. Il noua le nylon, pinça un plomb, et relança avec adresse entre les branches du saule pleureur. La perche agonisait sur la terre battue, se cambrait en rebondissant, quand il ferra la suivante.

Il déjeuna de baies bleu nuit, et déféqua derrière un genévrier. Il allongea dans les herbes coupantes un étron plus silencieux qu'un mulot, et se reculotta en zieutant alentours. Il feuilleta son livre, profita du bien-être que cela procurait. Il trempa ses pieds dans l'eau tiède, devina le poisson se fatiguer seul de l'autre côté de la ligne. Il suivit du regard son parcours nerveux, s'étonna de la réapparition soudaine du bouchon où nul ne l'attendait.

Il revint le soir à la baraque de tôle, les poches de pantalon pleines de poissons puants. Les nageoires dorsales lui piquaient les cuisses. L'astre brûlant plongeait de l'autre côté du fleuve, derrière les immeubles fichés dans le centre historique tels des aiguilles dans un porte épingles de couturière. Les émanations toxiques enveloppaient la ville d'un halo grisâtre.

Quand il entra, le Père penché sur sa table de poirier ne leva pas les yeux de sa plume. Ses longs cheveux filasses en rideau de théâtre encadraient le spectacle émouvant de son visage. Malgré ses mains abîmées par le travail, il s'échinait chaque jour à noircir ses carnets de poèmes et de pensées.

– Il en est encore tombé un, il dit froidement.

Le Fils vida ses poches dans un seau d'étain cabossé, sur le plan de travail de la cuisine. Certains poissons vivaient encore. Une fenêtre donnait sur le jardin en pente vers le fleuve. Le Fils essuya de sa paume pleine d'écailles multicolores la crasse qui obstruait le carreau.

– Quand ça ?

Le Père songea un temps, sa main atrophiée par l'arthrose en suspens au-dessus de ses notes.

– Une heure ou deux, je dirais. Il a fait un grand bruit. T'as rien entendu ?

Le Fils sortit au jardin. Il dépassa le potager anarchique duquel saillaient les lances guerrières des tuteurs des tomates. Il contourna le compost, les pieds de chanvre odoriférants destinés aux tisanes du père. Des craquelures nervuraient la terre malgré la proximité du fleuve. L'eau chargée des égouts de la cité glissait comme un anaconda. Elle charriait dans sa vase immonde les troncs morts et les ordures. De l'autre côté, lorsque la brume se dissipait, il distinguait l'habitation de Dalila, sa camarade de classe. Une vaste demeure dont la façade vitrée renvoyait le soleil levant.

Prudemment, le Fils s'approcha du corps écrasé comme d'un pétard mouillé. Il leva les yeux vers le pont, cinquante mètres au-dessus. Malgré la nuque brisée, le corps était d'un seul tenant. Une épaule retournée lui conférait une pose insolite. Il fit le tour, approcha sa main de l'orifice buccal. Impossible d'appeler cela une bouche, tant la mâchoire et les dents défoncées rendaient le faciès abstrait.

Il pressa deux doigts dans le cou. La peau dure déjà froide ne lui sembla pas abriter le moindre pouls. Il avait des consignes. Se méfier du sang, surtout s'il avait lui-même de petites coupures sur les doigts, autour des cuticules. S'assurer qu'aucun moustique ne tournoyait autour de la victime. On pouvait avoir peur des chiens, mais par-dessus tout, il fallait craindre les insectes.

Il courut jusqu'au taudis, décrocha le miroir à barbe du dessus de l'évier, sortit son sifflet de sa besace, et revint près du suicidé. Il lui plaça la glace sous le nez, afin de vérifier qu'aucun souffle même ténu n'y déposait la moindre pellicule de buée. Le Fils fouilla les poches du mort. Sans surprise, elles ne contenaient pas de papiers d'identité. Il y trouva une carte postale du Mont d'Airain, du temps où une calotte immaculée chapeautait la pointe. Où un téléphérique rouge pimpant permettait de convoyer les visiteurs. Au dos, l'inscription manuscrite ICI NUIT ne retint guère son attention. Il s'agenouilla, ferma les yeux, et commença d'entonner une prière à voix basse.

– *Que la terre boive ton vin / Que les joies qui furent tiennes amoindrissent nos peurs / Que toute la sueur versée naguère incite notre labeur / Que ta chair soit le festin des chiens.*

Avec son canif il découpa les vêtements du mort, avant de les faire brûler dans un baril rouillé. Allumer un feu lui procurait toujours une sensation honteuse, d'ordre sexuel.

Il roula péniblement le corps nu jusqu'à la barque, amarrée non loin. Grâce à une poulie et une corde dédoublée, il fit remonter l'embarcation, chargée du cadavre, en amont du fleuve, le long de la rive, vers l'endroit où les baraques mal bricolées s'agglutinent les unes sur les autres. Quand il estima le suicidé à bonne distance, il noua la corde à un piquet et souffla plusieurs fois dans son sifflet à ultrasons.

L'atmosphère moite et tamisée rendait la scène irréelle. Le Fils en sueur, tâché du sang du mort, la barque, le corps nu offert en pâture. Les meutes de chiens errants qui rappliquaient du versant opposé de la colline.

L'enfant suivit le manège de loin, observa les querelles des bêtes qui se disputaient les morceaux nobles, puis s'en retourna au taudis.

Le Père et le Fils dînèrent de peu. Un morceau de fromage, les perches en friture, du pain de la veille et de la soupe de tomate. De l'eau, du vin.

– Il avait des papiers ? demanda le Père entre deux gorgées sonores de bouillon.

Le Fils secoua la tête.

– Juste une carte.

Il hésita à poursuivre, pour leur épargner à tous les deux un silence attristé.

– Une carte postale du Mont d'Airain.

Le Père accusa le coup. Sa nuque se raidit, la peau changea d'aspect à la naissance du cou. Ce qu'il restait de la Mère reposait pour les siècles et les siècles sur les versants enherbés de cette montagne de cuivre.

Le Père vida son vin.

– Tu l'as pris en photo ?

– Non.

– Pourquoi non ?

– Il s'était cassé les dents avant de sauter.

Le Père exprima sa lassitude par une moue faussement affectée. La plupart de ceux qui souhaitaient en finir se défiguraient à coup de marteau pour s'affranchir de la reconnaissance faciale.

– T'avais des devoirs ?

Le Fils feignit d'ignorer la question, et enfourna un quignon de pain entre ses dents.

– Feu-de-bois ?

– Je dois présenter un livre, il dit la bouche pleine.

– Lequel t'as choisi ?

– D'après toi ?

Le Père hésita, avant de dissuader son Fils.

– Ils vont se moquer de toi, prends un livre qui raconte quelque chose.

– Mais ce livre *me* raconte quelque chose.

– C'est différent… T'aimes la musique des mots car tu l'entends depuis que t'es petit, mais ça ne veut rien dire.

– Toutes façons, j'ai pas besoin de ça pour qu'on se moque de moi.

Le Père sourit de la répartie du gamin, et s'assombrit aussitôt en réalisant ce qu'elle signifiait. Il frotta sa main douloureuse. L'orage allait venir. Le Père le sentait dans ses os.

Le Fils débarrassa la table, fila dans la salle de bain. Il opéra une toilette complète jusqu'à ses ongles encroûtés de sang, qu'il brossa. Il passa son pyjama vert, et embrassa le Père assis sur la vieille banquette de Volvo, au salon. Un disque tournait sur la platine, à bas volume. *Nocturne en Mi mineur* de Chopin, *opus 72*. Le Fils prépara ses affaires pour le lendemain, gagna le lit avec l'ouvrage à l'épaisse couverture de cuir. Il régla son réveil, vérifia par deux fois l'horaire. Il manipula la carte postale, s'évada dans les alpages, relut le message mystérieux qu'elle délivrait. Elle ferait un bon marque-page.

Vraiment, la veille du premier jour, rien ne vint perturber l'ordre immuable du monde. La nuit tomba. Le vent siffla. L'enfant ouvrit le livre.

## LE PREMIER JOUR

*[Au commencement, Dieu créa les cieux et la terre. La terre était informe et vide. Il y avait des ténèbres à la surface de l'abîme, et l'esprit de Dieu se mouvait au-dessus des eaux. Dieu dit : Que la lumière soit. Et la lumière fut. Dieu vit que la lumière était bonne et il sépara la lumière des ténèbres. Dieu appela la lumière jour et les ténèbres nuit. Ainsi, il y eut un soir, il y eut un matin, ce fut le premier jour].*

À peine tiré du lit, je saute dans mes vêtements et cours dans l'obscurité pour ramener la barque à bon port. Les chiens ont correctement travaillé, il ne reste de la dépouille du suicidé qu'un minuscule tas d'ossements à jeter dans les flots boueux.

Les lumières brillent, sur l'autre rive. J'avale à la hâte les tartines que mon père a beurrées pour moi, bois d'un trait le chocolat en poudre dilué dans l'eau. Je pose un baiser sur sa joue barbue et m'envole, sac en bandoulière, vers l'arrêt de bus. La nuit est encore dense, mais la lune pleine permet de s'orienter. On me laisse m'asseoir au fond du car, en parlant dans mon dos. À cause de ma rousseur, de l'odeur du poisson, du mort ou de la vase du fleuve, qui me collent à la peau.

La matinée débute dans un climat d'inquiétante étrangeté, mais nul ne sait pourquoi. La reprise du rythme scolaire, les dernières langueurs du sommeil qui peinent à s'estomper, le manque d'oxygène ou la température trop élevée.

C'est Dalila, la préférée, qui offre la première lecture. Son passage est tiré d'un mince roman équestre à la couverture rose bonbon.

– *Crèvecœur se tenait sur le flanc, effondré en plein champs. Son ventre se soulevait, sous la robe palomino. Suzanne s'approcha de l'animal, et lui ôta le mors. L'air chuintait dans la gorge de Crèvecœur, qui semblait de plus en plus faible. Suzanne souleva délicatement l'épaisse lèvre de son compagnon. En broutant, il avait dû ingérer quelque chose de dangereux pour lui. Le champ n'avait pas été entretenu depuis longtemps, le vieux fermier était malade. Elle voulut appeler de l'aide, mais les autres avaient déjà disparu dans la forêt. En observant l'agonie du cheval, elle comprit. Elle se rappela les cours théoriques de son premier galop, au club. Crèvecœur avait avalé des chardons. Suzanne pouvait même en voir les échardes dans la bouche du cheval. Il risquait de mourir si ces plantes piquantes perforaient les fines parois de son œsophage. Elle caressa l'encolure de son destrier, pour le rassurer, et lui parla doucement à l'oreille. Tiens bon Crèvecœur, lui dit-elle. Tu vas t'en sortir, je te le promets. Je vais chercher les secours.*

– Très bien Dalila, c'est parfait, dit le professeur. Tu as mis le ton et ce passage était bien choisi. J'aurais juste une question…

– Oui.
– Est-ce que le cheval va s'en sortir ?
– Pour le savoir il faut lire le livre monsieur !
Trois autres élèves présentent les ouvrages qu'ils ont apportés, puis mon tour vient.
– C'est un texte anonyme, je dis d'une voix enrouée.
– Plus fort je te prie, dit le professeur. Tu dois t'adresser à tout le monde.
Je mobilise mes forces, et reprends la parole.
– C'est un texte anonyme... La couverture est en cuir, et ne mentionne pas de maison d'édition.
Le professeur opine, intrigué par la présentation.
– Quel est le titre ?
J'ouvre la première page, lis sur un ton monocorde.
– *Principe de désacralisation de la vacuité.*
Le professeur prend l'air constipé. La classe commence à s'agiter.
– Tu as trouvé ça où ?
J'hésite à répondre que ma mère me le lisait chaque soir quand j'étais petit.
– Bon, tu sais s'il s'agit d'un roman, d'un essai ?...
Devant ma mine contrite, le professeur n'insiste pas.
– On t'écoute... Le passage que tu as choisi.
Je recule mentalement comme pour prendre de l'élan avant un saut dans le vide, et me lance enfin.
– *Depuis les temps immémoriaux, l'homme ne connut de quête qui ne fut théocentrique. Dès lors qu'il ôta toute forme de matérialité à la prolificité pécuniaire, grâce à l'avènement des transactions informatisées, à la profusion des services financiers, aux taux*

*de change flottants ou à la spéculation outrancière, la conviction d'une sacralité immanente acheva de forger l'inconscient collectif à l'endroit de la richesse et des bienfaits de son accumulation irraisonnée.*

– Euh, merci… Merci, ça ira. À première vue c'est un opuscule pour le moins abscons et prétentieux, mais…

Entraîné par le rythme de ma lecture et l'étonnement d'entendre ma propre voix, j'ignore le professeur.

– *Seule la prolificité de l'esprit orientera l'homme dans la voie salvatrice de l'ordonnancement naturel.*

Le silence envahit la salle de classe. Un silence cartonneux que même le professeur n'ose interrompre. Seul le hoquet régulier de la trotteuse de l'horloge, au-dessus du tableau noir, retentit encore. Les aiguilles marquent dix heures dix.

– Le soleil s'est pas levé, crie une voix depuis le fond de la salle. Monsieur, monsieur, le soleil s'est pas levé !

Les pieds des chaises grincent quand la vingtaine de gosses se précipite aux fenêtres. Dehors, la nuit prend toute la place.

* * *

Tu penses trop fort. Ton fils est parti à l'école et tu aimerais te consacrer à autre chose qu'à la mort. Tu refais du café, avec le fond d'un sachet de grains frelatés. Tu termines la tartine beurrée délaissée par l'enfant. Tu masses les articulations douloureuses, à la naissance de tes doigts tordus. Tu relis les missives de l'huissier, dans l'ordre chronologique. Le ton péremptoire. Le verbiage faussement compassionnel. Les injonctions intimidantes. Le cachet officiel. Le jour et l'heure de la prochaine visite, en caractères gras, la saisie annoncée du peu qu'il te reste pour subsister.

Il fait nuit tard ce matin. Tu te dis cela comme tu te dirais n'importe quoi. Il fait beau, le ciel est couvert, j'ai faim. Par principe, tu éteins la lumière. C'est la clarté du jour qui viendra te sortir des limbes les pieds devant.

Tu poses la tasse fumante sur le rebord de la fenêtre et tu restes debout, à contempler les reflets de la lune sur le fleuve. Tout en haut, sur le pont, l'agitation des moteurs propulse les passagers dans la vie active. Tu as dû en descendre des marches, pour atterrir si bas. Tu essuies la buée qui opacifie le carreau. L'invisible apparu par la magie de ton haleine fétide. Tu vérifies que la porte d'entrée n'est pas verrouillée.

C'est lui qui t'a retenu jusqu'ici. Ton fils. À mots couverts, on t'a souvent reproché de l'avoir offert, comme en sacrifice, à un monde vicié. Naïvement, tu en attribuais trop à sa jeunesse. Le pouvoir de changer la société. Et de te changer toi. L'insigne et lourd tribu de faire se prolonger l'existence de celle qui le vit jaillir de son ventre.

Tu pleures. Tu te brûles la langue. Le café a goût de terre. Tu mets un disque, sur l'électrophone. La *Danse macabre.* Tu décroches une serviette de toilette de la patère, dans la salle d'eau, puis tu te diriges vers la chambre. Tu écartes le voile de la moustiquaire, allumes le chevet. Tu fais le lit, hésites à te recoucher. Tu t'assieds, laisse pendre tes mains entre tes jambes pour voir tes veines enfler. Finalement, tu déloges Attila du râtelier.

Du tiroir de la table de nuit, tu sors une boîte aux angles cornés. Tu charges le fusil d'un geste déterminé. Assis au bord du lit, face au mur, tu fais craquer les os de tes poignets. À l'aveugle, tu noues la serviette autour de ton crâne. Inutile d'exposer ton jardin secret à qui ramassera ta dépouille. Tout assermenté qu'il doit être, ton contempteur devra vaincre l'effroi de ta découverte. Non. Ton fils ne te verra pas dans cet état.

Le fusil tourné contre toi, tu poses la crosse sur la moquette auréolée par les gouttières. Tu retires ton pied droit de ta chaussure, que tu portes en savate, l'arrière aplati sous le talon. Tu places le gros orteil sur la queue de détente, inaccessible de tes doigts. Tu glisses la double bouche de l'arme entre tes dents, et cramponnes le canon de tes mains arthritiques. Depuis le salon, Camille Saint-Saëns accompagne avec emphase tes derniers mouvements.

Tes larmes ruissellent, empruntent les sillons que le temps a gravés sur ta peau. Ton nez coule. Ta salive, mâtinée d'huile et de résidus de poudre, te coule entre les poils du torse. Un rayon de soleil pourrait percer, là, maintenant, zébrer ton intérieur. Mettre en scène le ballet des grains de poussières. L'invisible apparu par la magie de ta négligence domestique. Mais la nuit ne veut rien savoir.

Le cran de mire te blesse le palais. Tu as une crampe au niveau de la mandibule. Si tout se passe bien, tu n'entendras même pas le coup partir. De ton estomac, refluent les sucs gastriques. Tu avales malgré toi un peu de salive âcre. Sur ton écran mental, se projettent une dernière fois les visages souriants de ton fils et de ta femme.

– Pardonnez-moi, tu leur dis la bouche pleine.

Dehors, le vent s'est levé. Les carreaux mal jointés vibrent. Les premières gouttes font résonner la tôle, battent de plus en plus fort.

* * *

La panique prend le pas sur la raison, chacun est rivé à son téléphone et déjà des parents récupèrent leur progéniture dans une agitation de guerre civile. Les voitures électriques repartent tous feux allumés, en faisant crisser la gomme.

Le vent se lève et son murmure prend les allures envoûtantes d'une aria. D'épaisses gouttes s'écrasent sur le revêtement, en dégageant cette odeur caractéristique de poussière humide. Un parfum qui sonnait les adieux de l'été, du temps où les saisons avaient un début et une fin, dirait le professeur. Les températures n'ont cessé d'augmenter ces vingt dernières années, faisant fondre les pôles, accélérant l'évaporation et rendant plus violents les ouragans. L'hiver n'existe plus que dans le souvenir des vieux. L'air que nous respirons nous maintient en vie autant qu'il précipite notre extinction. L'inconcevable finit toujours par arriver. Le vieillissement des populations, l'accroissement de la mortalité infantile, la chute fulgurante de la fertilité, la tragique démocratisation du suicide, la banalisation des tueries de masse, la disparition progressive des espèces animales, les migrations climatiques, l'avènement d'une intelligence virale, la saturation des réseaux de communication, l'incapacité humaine à réduire l'empreinte climatique des infrastructures de stockage des données… La fin du jour.

J'approche prudemment de Dalila. Elle a un an de moins que moi, une peau laiteuse de brune, et un portable dernier cri.

– Je peux te demander un service ?

Elle s'assure que ses amies ne sont plus dans les parages avant de m'adresser la parole.

– Qu'est ce que tu veux, Tête-de-feu ?

Je ravale ma fierté, m'empêche de rembarrer l'insolente.

– Est-ce que tes parents viennent te chercher ?

– Tu crois quoi, elle dit en pianotant sur l'écran lumineux de son téléphone. Qu'on va me laisser croupir dans la nuit ?

– Si c'est pas trop… Tu penses que tu pourrais me déposer près de chez moi, c'est sur la route.

Elle part dans un grand rire, et se détourne pour chercher un sujet digne de sa compagnie. Les plus jeunes pleurent à chaudes larmes. La terre tremble. Trois fois. Sur le terrain de sport, le panier de basket s'est couché sans faire de blessé. Des enseignants abandonnent leur poste, malgré l'indignation des collègues, pour s'enquérir de leurs proches.

À la réformation du diesel à l'usage des particuliers, mon père dut abandonner son vieux break. Ses maigres économies ne lui permettant pas d'investir dans un modèle vertueux, il se résigna à se contenter de ses pieds. Il perdit dans l'ordre l'usage précis de ses mains, son emploi à l'imprimerie et toute utilité sociale. En raison de la fin des supports de diffusion physiques, le secteur subissait la crise annoncée de longue date, licenciait massivement sans le moindre dispositif d'accompagnement.

À la mort de ma mère, il brada l'appartement du centre pour investir un jardin en bordure de fleuve. Un cabanon restauré au fil des ans pour tout domicile, je grandis au milieu des livres et des disques. Sa maladresse bienveillante se substitua à la tendresse, et me permit de m'élever comme un arbrisseau sans tuteur, un peu anarchiquement.

– Monte, m'invective Dalila depuis la banquette arrière d'un énorme quatre-quatre. Timir est d'accord pour te ramener…

Je grimpe dans le véhicule, referme la lourde portière.

– Toute façon, il a pas le choix c'est moi qui décide, elle ajoute en pouffant.

Le conducteur me salue craintivement dans le rétroviseur. C'est un homme à la peau sombre, la lèvre ombrée d'une fine moustache. Timirbaran de son vrai nom, qu'il a pu conserver. Probablement un réfugié ayant bénéficié d'une procédure d'adoption blanche par les parents de Dalila, et réduit légalement en esclavage.

Les écrans vidéo encastrés dans les appuie-têtes diffusent des informations en continu. La voix du journaliste semble jaillir de partout dans l'habitacle, pour envelopper le corps d'ondes bienfaisantes.

– *... probable inclinaison de l'axe de rotation de la terre. Il est encore difficile de savoir précisément à l'heure actuelle les causes de ce black-out sans précédent...*

Dalila aligne des boules de couleur sur l'écran de son téléphone. Elle semble ignorer les phénomènes extérieurs, comme blasée. Le bolide caresse la chaussée sinueuse.

– *... sûr c'est qu'il faut rassurer les populations, ne pas céder à la panique ou se laisser berner par les discours d'une poignée d'illuminés, ou de scientifiques autoproclamés...*

La pluie bat sur le toit vitré du véhicule, qu'un appel d'air déporte quand nous traversons la forêt. Les arbres bruissent d'une façon inquiétante. De petites branches fouettent les ailes profilées.

– *... nombreux séismes, de magnitude encore inconnue...*

Je me retourne et aperçois par la lunette arrière un panneau métallique de signalisation traverser la voie en roulant sur la tranche.

– *… conseillons de rester calfeutrés à l'intérieur des habitations, volets clos, et de vous éloigner des fenêtres…*

Les essuie-glaces peinent à évacuer les feuilles projetées sur le pare-brise, et les torrents d'eau ruisselante.

– *… se préparer au pire, par mesure de précaution…*

Timirbaran ralentit malgré le danger que représente la proximité du sous-bois. Des feux rouges se dessinent derrière les murs d'eau, l'obligent à s'arrêter en dérapage. Dans un craquement terrible, le tronc d'un frêne s'écrase juste derrière nous. Dalila lève le nez de son téléphone. Je prends alors l'entière mesure de sa terreur.

* * *

Quand le gros orteil de ton pied droit se contracte sur la détente, tu entends frapper au carreau. Tu te dis que l'huissier est en avance, puis tu reconnais la voix du manouche, malgré le tumulte de la pluie, de Bernstein et du New York Philharmonic.

– Lazare, il beugle.

Après tout, peu importe qui te découvrira. Lui ou un autre. Tu fermes les yeux. Tout ton visage se plisse autour du huit en acier, que forme le canon.

– Lazare !

Impossible de se concentrer. Tu desserres ta mâchoire ankylosée. Tu masses tes maxillaires, reposes Attila dans le râtelier. Avec ta manche de chemise, tu essuies la bave qui a coulé sur ton menton.

Le manouche a entrebâillé la porte d'entrée pour y passer la tête.

– Y'a quelqu'un ?

– J'arrive, tu dis si bas qu'il ne peut pas t'entendre.

Tu traverses le salon, dans l'obscurité. Un pied nu, l'autre chaussé. Le vent s'engouffre par l'ouverture. Tu fais taire la musique.

– Lazare, le jour s'est pas l'vé ! Le jour s'est pas… Qu'est-ce tu fous 'vec ça sur la tête ?

– Rien, tu dis en enlevant la serviette. Je me lavais les cheveux.

Auguste a toujours son mégot éteint au coin des lèvres. Derrière lui, le tracteur tourne au ralenti. Un large tombereau de bois y est attelé, dans lequel tu dénombres cinq silhouettes coiffées de sacs plastique.

– Faut partir, il dit. Les bêtes ont foutu l'camp… Faut pas rester à côté du fleuve.

Auguste est ton plus proche voisin, il habite un hameau de baraquements de fortune bâti après ton arrivée. Parfois vous chassez ensemble, malgré les arrêtés gouvernementaux, dégommez les corneilles ou les drones, jouez aux dés, buvez un verre.

– Je préfère rester, tu dis.

– Prends ton calibre, 'vec deux trois affaires, on va charger la barque, ça peut toujours servir.

Le voisin entre, referme derrière lui, allume la lumière. Il traverse le salon, va dans la chambre, en ressort avec Attila cassé sur l'épaule.

– Auguste, je…

– Dépêche-toi.

Tu t'apprêtais déjà à tout abandonner. Finalement, ça ne change pas grand-chose.

– Quelle heure il est ?

– Dix heures passées.

– Pourquoi il fait encore nuit ?

Auguste désigne l'arme d'un geste du menton. Ses dents aurifiées scintillent quand il ouvre la bouche.

– Prends des munitions, le monde est en train d'partir en vrille.

– C'est pas nouveau, tu ne peux t'empêcher d'ajouter. On va où ?

– J'sais pas, dans les hauteurs… J'ai l'impression qu'ça va être la crue du siècle.

Tu enfiles des chaussettes dépareillées, puis tes bottes.

– Je viens, tu dis. Mais on passe par l'école, je dois récupérer mon gosse.

Auguste hoche la tête en rallumant son mégot. Tu prends la boîte de balles, dans la table de nuit, passes ta veste de bleu. Avant de refermer derrière toi, tu balaies la pièce du regard. Tes livres, tes disques, la vieille banquette de voiture, le poêle endormi. Ta cambuse branlante, que tu rends à la nuit d'une pression sur l'interrupteur.

Déjà la terre du jardin se fait glaise sous les ondées. Difficile de progresser à cause du vent et du sol meuble. Les gouttes t'aveuglent, te surinent le front et les joues. Auguste te fait la courte échelle pour monter dans la remorque. Les passagers te dévisagent. Ils sont entassés contre un monticule d'objets protégés par des bâches, que vient couvrir ta barque renversée. Leurs regards inquiets te semblent exagérés. Auguste s'installe dans la cabine ajourée du tracteur, fait craquer les pignons de la boîte de vitesses. Dans un à-coup aussi violent qu'inattendu, le convoi se met en route.

* * *

Nous restons de longues minutes dans la voiture secouée par les bourrasques. Les trombes d'eau s'abattent sans discontinuer, le vent ne faiblit pas. Les experts se succèdent en vain au micro de la chaîne d'information en continue que diffusent les écrans. Malgré la conviction de leurs partisans, aucune théorie ne convainc. Inclinaison de l'axe de rotation de la terre plongeant l'occident dans la nuit polaire, éclipse inopinée, extinction solaire carabinée, canular extraterrestre, intervention divine. L'imagerie satellite est inexploitable.

Discours alarmistes et jingles anxiogènes ne couvrent pas les plaintes des tronçonneuses qui crépitent. Des hommes s'acharnent autour d'un enchevêtrement de troncs couchés, de supports en béton et de lignes électriques à haute tension. Les véhicules plus avant stationnent moteurs et feux allumés pour éclairer la zone à dégager.

– Timir, vas voir ce qu'ils font, tonne Dalila.

Le domestique branle du chef, mais ses membres refusent d'obtempérer. Il a détaché sa ceinture, pourtant. Et posé sa main sur la poignée. Mais rien ne se passe.

– Timir, on va pas moisir ici !

Bien que je vomisse les comportements de ma camarade, je reste en retrait. Je perçois la violence de la situation, l'humiliation du conducteur paralysé, dont je ne sais même pas s'il parle notre langue. La soumission tacite, que son corps refuse d'endurer.

Timirbaran ouvre la portière. Le vent et l'eau s'engouffrent. Les sièges de cuir végétal crème sont rapidement souillés de pluie et de feuilles détrempées.

– Timir !

La portière claque, et le domestique disparaît dans le flou des ondées. Je regarde Dalila sans oser formuler d'objection.

– Quoi ? elle dit.

Je plonge la main dans le sac, sors mon livre. *Le pouvoir, corrélat historique de la prolificité pécuniaire, s'exerçait d'autant mieux grâce au concours sournois d'une formalisation rigoureuse.*

La fillette tend le cou pour essayer d'apercevoir son serviteur, entre deux passages d'essuie-glaces. Le bruit lancinant des tronçonneuses a cessé. Dalila presse l'écran vidéo pour changer de chaîne et peste en constatant que toutes diffusent le même message d'alerte. Un bandeau rouge défile. Une voix synthétique et monocorde égraine les consignes en quatre langues. Dans l'arrière-plan, le programme habituel subsiste, sans le son. Dalila opte pour les images d'une émission culinaire. Deux femmes aux visages cramoisis par les UV, et figés par la chirurgie, mixent des fruits à l'aide d'une machine sophistiquée.

Mon regard va et vient de l'écran aux pages de mon livre. Je n'ai que peu l'habitude de cette profusion de couleurs criardes. *Quand les architectures concentriques se substituèrent aux structures pyramidales, héritées des révolutions industrielles, la coercition devint l'accomplissement du rapport à l'autre.*

– Qu'est-ce qu'il fout ? Tu crois que c'est normal ?

Je hausse les épaules. Rien de ce dont je suis témoin depuis une heure ne m'incite à la complaisance. Je poursuis ma lecture, en arquant un sourcil. *Seul le pouvoir immanent de l'esprit de celui apte à servir ses semblables dans l'ombre, se verra gratifié dans la confidence de l'accomplissement personnel.*

– Feu-de-bois, j'ai peur. Qu'est-ce qu'on fait ? C'est pas normal là, il se passe quelque chose.

– Tu veux aller voir ? je demande avec perfidie.

– Je veux que *tu* ailles voir, elle corrige. Tu sais combien ça coûte une robe comme ça ?

Comme je me moque pertinemment de la question, elle tente une ultime provocation.

– Ça vaut plus cher que ta maison.

– Si j'y vais et que je reviens pas, tu vas te retrouver toute seule.

Dalila se rembrunit, avant d'avaler sa salive. Les tronçonneuses reprennent du service.

– Allons-y tous les deux alors, elle dit. On va juste voir ce qu'il fabrique, et on court se mettre à l'abri.

Elle abaisse l'accoudoir central, se faufile dans le

coffre, par une trappe, et réapparaît avec un parapluie plié dans son étui. J'esquisse un sourire, range mon livre, prends mon sac. Dalila ouvre la portière.

À peine déplié, le parapluie se retourne et disparaît, happé par un tourbillon. La fureur est telle que nous devons progresser penchés, en longeant les véhicules qui précèdent le nôtre. Accroupis près d'un pick-up, nous protégeons nos yeux d'une main pour distinguer la scène. Timirbaran s'explique avec deux hommes, alors qu'un troisième découpe un agrégat de branches pour dégager la piste. Nous n'entendons qu'un mot sur deux, mais l'échange est chargé d'ondes néfastes. L'un des bûcherons, casqué et affublé d'un gilet fluorescent, tient sa tronçonneuse à bout de bras, alors que l'autre, à l'épaisse moustache constellée de copeaux de bois humides, brandit le manche d'une imposante hache.

– … pour des gens comme toi, il crie. Pour des putains de bronzés…

L'homme à la tronçonneuse veut s'interposer, mais avec son outil à la main il se trouve encombré.

– Calme-toi.

– Hein ?

– Calme-toi !

Timir bombe le torse, déterminé à ne pas se laisser marcher sur les pieds. À profiter de cet imprévu climatique pour injecter une dose d'égalité dans ses rapports avec le reste de l'humanité. Il est trempé comme une soupe, sa chemise de lin dégoutte. Les trois hommes s'épongent inutilement le front avec leurs gants souillés de cambouis.

– Pose ton hachoir, il dit. Pose ton hachoir si t'es un homme !

Le bûcheron lâche la lourde tête de son outil sur le tarmac couvert de sciure, et lève la main en guise de bonne foi, d'intimidation ou de diversion.

– Parce que toi, t'es un homme ? Putain, mais tu t'es vu !

Pour matérialiser sa volonté de clore le débat, le type au gilet jaune émet un sifflement.

– Allez, il dit en plaquant ses mains sur la poitrine des deux rivaux, c'est bon. Laissez tomber. On va se remettre au boulot et d'ici…

Il n'a pas le temps de finir sa phrase que l'autre a déjà ramassé l'outil, tournoyé avec la grâce d'un guerrier féodal, et fait mouche. La demi-lune tranchante s'enfonce dans le crâne de Timirbaran. Nous écarquillons les yeux, et durant un instant le tumulte de l'apocalypse cesse de saturer nos tympans. Le domestique, dont la moue d'inquiétude se fige soudain, vacille dans un mouvement d'une lenteur excessive et s'écroule de tout son long dans les rondins. La sciure absorbe le sang qui sourd de sa blessure. La hache reste solidaire de son corps désarticulé.

* * *

Le tracteur tousse, la tempête fait rage. Il faut retenir le chargement, dans les côtes. Une saute de vent fait s'envoler une bâche. Trempé jusqu'aux os, tu ne cherches plus à t'abriter. Tes cheveux te collent au visage. Ta chemise fait une seconde peau sur ton estomac. Dense comme du béton, c'est une chape de pluie qui s'abat.

Une coulée de boue a emporté le tripot des sang-mêlés, une bande de bons à rien qui te devait du fric pour de menus services rendus. Des bras d'eau inédits font mentir la cartographie.

Aucun des passagers n'a encore engagé la conversation. De toutes façons, le raffut est tel qu'il serait ardu de se comprendre. L'un des hommes vous fait asseoir, pour diminuer la prise au vent. Tu t'exécutes. Ton regard accroche plusieurs fois celui d'une gitane aux yeux cobalt. Un peu plus jeune que toi. Une fossette en biais, sur le menton.

Au loin, en contrebas, les feux arrière des véhicules tracent des lignes qui semblent infinies. Le convoi avance à une exaspérante lenteur. Tu demandes en t'aidant des mains si quelqu'un a un téléphone.

– Le réseau est tombé, dit celui qui dirige avec un fort accent des pays de l'Est.

Ton fils doit patienter avec d'autres à l'abri dans une salle de classe. Dès que tu l'auras retrouvé, vous prendrez vos distances avec le convoi des gitans. Et tu le prendras dans tes bras. La vie t'a offert un tour gratuit, tu ne comptes pas le gaspiller. Le contrecoup émotionnel de ta tentative avortée te fait verser des larmes, que l'orage s'empresse de dissimuler. Demain il fera jour, tu te répètes pour conjurer le sort. Demain il fera jour.

Auguste coupe à travers champs, pour s'éloigner des arbres qui basculent comme des dominos. Les puissants phares du tracteur éclairent un hangar agricole, à l'autre bout de la parcelle. Tu essayes de l'interpeller depuis le tombereau.

– L'école ! On doit passer à l'école !

Auguste ne t'entend pas, ou fait mine, depuis la cabine du tracteur ouverte aux quatre vents.

Quand le convoi fait halte sous le hangar, tu figures toujours au nombre des passagers. Auguste laisse tourner le moteur, contourne l'attelage pour vous rejoindre. L'endroit est encombré de socs de charrue, de botteleuses et de matériel trop complexe à identifier. Il offre un abri relatif à votre équipée. Une fois au sol, chacun peut s'essorer. Dans le halo des phares, tu découvres le visage de tes compagnons de déroute.

L'homme qui commande s'appelle Vlad. C'est un voisin d'Auguste, gaillard et basané. Il est accompagné par son épouse Romina, coiffée d'un fichu à motifs floraux. Le genre de femme qui s'obstine à faire plus que son âge. Auguste présente deux frères comme ses cousins, Nano et Javier. La jeune femme se prénomme Lilu, ce qui signifie *papier* en tzigane, elle précise.

Tu t'assieds sur la carcasse verte d'un engin bardé de tuyaux jaune clair. La graisse poisse dans la poussière. En fourrageant dans le coffret électrique, Nano parvient à allumer les rampes de néons. Surgie des entrailles de la terre, une secousse remonte les piliers de fer du bâtiment, qui vibre comme un diapason. Vous vous taisez, de peur de déclencher d'autres catastrophes. Tu voudrais fumer, mais le tabac des gitans et les feuilles sont foutues.

– On repart bientôt ? tu demandes.

Le chauffeur grince des dents.

– C'est pas prudent.

– Je conduis si tu veux.

– Non, j'peux conduire, c'est pas l'problème...

Les deux frères se redressent comme un seul. Une tension te raidit l'échine.

– Les mains en l'air tas de fumiers !

Le paysan se tient jambes écartées, en robe de chambre à carreaux écossais. Posée contre sa hanche, sa carabine est braquée dans ta direction.

– Les mains en l'air j'ai dit !

Tu descends de la machine agricole, rajustes un peu ta mise. Obéissant malgré toi, tu jettes aux autres des coups d'œil affolés.

– On fait rien d'mal, dit Auguste en serrant les mâchoires pour dissimuler ses dents en or. On voulait juste s'abriter.

Le paysan envoie un glaviot sur le sol ruisselant.

– À qui tu veux faire croire ça le manouche ?

Auguste n'a pas le temps de répondre, que l'un des cousins brandit une vieille fourche à trois dents, ramassée dans un coin.

– Fais un geste et tu prends un pruneau, dit le paysan sans laisser planer le moindre doute quant à sa détermination.

Le cousin est téméraire, il s'avance d'un pas sûr et tranquille, pensant impressionner l'agriculteur, dont le visage rubicond se durcit encore.

* * *

Nous fuyons vers le bois. En pleine course, Dalila m'empoigne le bras pour ne pas me perdre dans l'obscurité. *Que la terre boive ton vin / Que les joies qui furent tiennes amoindrissent nos peurs.* La lune pleine, voilée par les nuages, ne suffit pas à éclairer la forêt. Nous chutons, nous nous relevons, boitillons en reprenant de la vitesse, chutons de nouveau. *Que toute la sueur versée naguère incite notre labeur / Que ta chair soit le festin des chiens.* Nous pleurons sans nous soucier de l'image renvoyée à l'autre. Des larmes de peur, d'incompréhension, de colère. Nous pleurons à cause du choc que nous venons de recevoir. À cause de la panique qui s'est emparée de nous. Nous pleurons parce qu'un homme vient de mourir sous nos yeux. Sans raison. Nous pleurons parce que le soleil refuse de se lever, parce que la pluie bat sans faiblir, que la terre tremble et que le vent hurle à la mort.

Nous cavalons entre les troncs couchés. L'air nous brûle la gorge. Nos muscles se raidissent. Nous parvenons à une route étroite, que nous longeons en direction du bourg. Je connais le chemin, emprunté pour aller faire les courses. À cent mètres de là, nous trouvons un local reconverti en Abribus. Cachés derrière le mur couvert d'affiches déchirées du parti populiste écologique *Campagne*, nous nous dévisageons en pantelant. *Nature au cœur,* dit le slogan.

Déjà nous ne sommes plus les mêmes. Dans le halo prodigué par l'unique lampadaire, nos traits sont plus durs. Comme si l'innocence s'érodait, qu'il n'en restait qu'un minuscule éclat au fond de nos pupilles.

– Ça va ?

Dalila secoue la tête. Ça n'ira plus jamais. D'ordinaire peu enclin à l'effusion de sentiments, je lui ouvre mes bras. Elle s'y réfugie sans pudeur.

– On n'est pas loin du supermarché. Là-bas on trouvera quelqu'un pour nous ramener.

– Tu crois ?

Dalila s'assied sur le banc couvert de graffitis, et sort son téléphone de la poche distendue de son gilet. Elle frissonne et renifle à cause de ses cheveux mouillés.

Elle compose le numéro de la police, plaque son oreille contre l'appareil, regarde l'écran, écoute encore.

– Alors ?

– Rien. Pas de sonnerie.

– Essaye d'appeler chez toi.

Dalila pianote en vain. Impossible de passer le moindre appel, d'envoyer un message, ou de composer le numéro universel des urgences.

– On essaiera plus tard… Dès que ça se calme, on rejoint le supermarché. Il y aura du monde par là-bas.

– J'ai mal au ventre, elle dit en sanglotant.

Nous nous serrons l'un contre l'autre dans l'angle du mur. Je porte encore mon sac de cuir en bandoulière, j'en fais mentalement l'inventaire. Ma camarade grelotte dans sa robe, un gilet trop léger sur les épaules. Une fois le réseau réparé, nous serons raccompagnés à domicile. Timirbaran sera enterré dignement, ses meurtriers punis, et nous pourrons oublier cette histoire. Je rejoue inlassablement le scénario pour me persuader de sa vraisemblance.

Le temps passe, mais l'accalmie tant espérée n'advient pas. Nous nous remettons en mouvement, résignés à rester en eau. Je ressasse nos mésaventures, les dires hasardeux des médias, la bouillie sémantique de mon livre de chevet.

Notre survie m'indiffère presque, tant celle de mon père m'apparaît incertaine. Je l'imagine si seul, près du fleuve. Les tôles du toit ne résisteront pas à un tel déchaînement.

Nous nous postons au sommet d'une butte, en surplomb du parking, où nous bénéficions d'une vue imprenable. La lumière diffusée par les lampadaires encore debout se diffracte dans les flaques. Des hommes chargent de lourds paquets dans le coffre de leur voiture avant de démarrer en trombe. D'autres sortent du magasin les bras encombrés de victuailles. La vitrine de la façade n'a pas résisté aux convulsions terrestres, les morceaux de verre jonchent le bitume. Une faille en forme d'éclair ouvre le bitume ainsi qu'une bande d'espace vert qui compte plus de mégots que de brins d'herbe. Le portique rouge et blanc imite une lettre grecque dont je ne sais pas le nom.

Au loin les silhouettes des immeubles n'ont plus rien de géométrique.

Un type enfourne un écran plat démesuré sur sa banquette arrière, et réalise un dérapage contrôlé pour faire demi-tour. Dans la lumière des phares, la pluie fait comme des coups de crayon. Une femme pousse un caddie rempli de packs d'eau minérale, boîtes de conserve, gâteaux secs, lait concentré. Elle s'immobilise. Le conducteur a largement la place de manœuvrer. Éblouie, elle hâte son pas, pour rejoindre un vieux van bariolé, isolé au fond du parking. La voiture se glisse lentement dans la trajectoire de la femme, qui trottine à présent. L'homme donne un coup d'accélérateur. Elle délaisse son chariot pour entreprendre un sprint désespéré. La voiture freine, le conducteur descend, ceinture la femme d'un bras, et la jette à l'arrière, avec son écran plat. Comme une vulgaire marchandise.

* * *

Le bruit du tir résonne contre la tôle. Lilu laisse échapper un cri.

Comme au ralenti, le cousin s'effondre, touché au genou. Il a les yeux écarquillés d'incompréhension, la bouche tordue par un rictus de douleur communicatif, la main crispée sur le manche de la fourche.

Le paysan ne se débine pas. Il sort des chevrotines de la poche de sa robe de chambre, et recharge son arme.

– Foutez-moi le camp, si vous tenez à vos guibolles !

Il vise le fichu liberty de Romina, qui se détourne en chassant l'air d'une main. Elle a dû faire ce geste chaque fois qu'on voulait la prendre en photo.

– Baissez votre arme, ordonne Lilu.

Le paysan pivote, dirige le canon de sa carabine vers son visage durci par la colère.

– Dégagez, je le répéterai pas. Et la barque, elle reste ici.

Au réveil tu étais prêt à te foutre en l'air, désormais tu as soif de vivre.

– C'est bon, c'est bon, dit Auguste en montrant ses paumes comme pour les chauffer près d'un feu. On s'en va.

Il piétine sans savoir par où commencer.

– Vlad, Romina, descendez la barque.

Ton voisin se tourne vers toi, il a vieilli de dix ans.

– Lazare, installe Nano dans l'tombereau. On s'en va.

Son frère enjambe le corps. Lilu monte à bord, jette une vieille couverture.

– Faites une civière avec, elle dit.

Vous la dépliez sur le sol gorgé d'alluvions, soulevez le corps. Il beugle à s'en vriller les cordes vocales. Tu essayes de ne pas regarder sa blessure. Ni son faciès exsangue, taché de boue.

Vous soulevez la toile, hissez Nano dans la remorque, grimpez à bord. Auguste manœuvre sans précaution. Dans la panique, il manque emboutir une sulfateuse. D'autorité, tu prends les commandes. Le paysan pointe toujours l'arme dans votre direction. À regrets, tu abandonnes ta coque de noix, au milieu des machines futuristes. En première, tu positionnes les roues de l'attelage dans l'alignement de celles du tracteur, puis braques en marche arrière. Le terrien se décale pour te laisser manœuvrer.

Quand le convoi repart, tu penses à l'articulation éclatée de Nano, aux morceaux d'os et de plomb englués dans le sang et les fibres du tissu. Tu te représentes sa douleur, fais de ton mieux pour limiter les vibrations. Mais le terrain est escarpé et la remorque n'a pas d'amortisseurs. Alors que vous vous éloignez, un coup de tonnerre, juste dans ton dos, te fait sursauter. Instinctivement, tu zieutes dans le rétroviseur brouillé. Ton pied lâche l'accélérateur. Dans le miroir enfin stabilisé, tu distingues la silhouette du cousin Javier. Debout dans le tombereau, ton fusil Attila entre les mains. Il vise et tire une nouvelle fois dans la direction du hangar éclairé. L'agriculteur bascule à la renverse.

– En plein dans l'mille, dit Auguste. Putain, il l'a dégommé.

Il rigole à moitié, pas plus affecté qu'après avoir shooté un drone.

* * *

Dalila me suit derrière le bâtiment. Nous devons rester invisibles des adultes, que l'obscurité rend imprévisibles. Accroupis entre les bennes à ordures renversées, nous échangeons par signes et chuchotements, puis piétinons jusqu'à un poids lourd à l'arrêt, feux de détresse enclenchés.

Des cordages élastiques maintiennent la bâche qui protège le chargement. J'ai toujours mon couteau, celui pour raccourcir les vers de terre, dans le fond de mon sac. Je me hisse sur la semi-remorque, Dalila dans mon sillage, et me cache entre deux palettes couvertes de film plastique. Mes yeux habitués à l'obscurité du dehors ne peuvent rien contre la noirceur du dedans.

– J'ai peur.

Le vent fouette la toile dans un vacarme assourdissant.

– Qu'est-ce qu'on fait maintenant ?

– Je sais pas, on attend qu'il démarre… S'il va vers la ville, on n'aura qu'à descendre quand on pourra. On ira voir chez toi…

– Et s'il découvre qu'on a ouvert la bâche ?

Dalila respire fort, l'air siffle.

– Il verra rien.

– Feu-de-bois, j'ai peur. J'ai mal au ventre.

– Bientôt on sera en sécurité.

– Et s'il va dans l'autre sens ?

– Qui ça ?

– Le camion, s'il part dans l'autre sens.

Je balaye l'objection, dans un accès d'optimisme involontaire.

– Il ramène du matériel à la centrale, de l'autre côté du fleuve, à cause des pilleurs…

– Et comment tu sais ça ?

Je n'ai pas besoin de répondre, la carcasse du poids lourd se met en branle. Je pose le doigt sur la bouche de Dalila, et me concentre sur les mouvements de la carlingue. Je me représente mentalement la position du véhicule par rapport aux différents containers. L'inertie de la côte à gravir nous déporte vers le fond.

– Droite, droite, droite, je chuchote.

Le véhicule tourne et Dalila fulmine.

– J'en étais sûre. On n'aurait jamais dû t'écouter ! Comment on fait maintenant, on sait même pas vers où on va.

Je savoure ma victoire.

– On est dos à la route.

– Et alors ?

– Alors sa droite, c'est notre gauche… On est dans la bonne direction. D'ici une quinzaine de minutes on devrait passer le pont.

Dalila cherche à retrouver sa fierté en allumant la torche de son téléphone. La lumière blanche rend blafards les visages. Elle essaye de se connecter sur le réseau wifi du poids lourd, active son application GPS. Sur l'écran, le fond de plan cartographique est parfaitement neutre et ordinaire. Du beige pour les parcelles privées, des formes grises pour matérialiser les bâtiments, des routes blanches. Aucun tronc, aucune branche, nul panneau métallique qui traverse la chaussée en rebondissant. Le monde virtuel demeure normal et rassurant. Avant de se figer sous un masque d'erreur. Réseau indisponible.

J'entreprends d'étudier le contenu du chargement. Avec ma lame, j'entaille la protection de plastique qui enserre la marchandise, puis le scotch d'un carton.

– C'est quoi ?

– Des bouteilles on dirait.

– De quoi ?

Je penche la tête pour déchiffrer l'étiquette.

– Il y a un pêcheur noir dessiné dessus. C'est transparent, on dirait de l'eau…

J'éventre le carton.

– Rhum agricole, je dis en fourrant deux bouteilles dans ma sacoche.

– C'est pour faire la cuisine, elle dit.

Ça peut toujours servir.

Nous patientons lumière éteinte, pour économiser la batterie. Il faut rester attentif à l'allure du camion, au temps qui s'écoule, à l'affût d'un arrêt furtif pour sauter comme des clandestins.

À quelques encablures du pont, le camion coupe le moteur. Je m'extirpe en premier de la semi-remorque, aide ma camarade à descendre. Nous courons nous cacher sur le bas-côté inondé, dans l'angle mort d'un réverbère penché. La tempête ne faiblit pas. Comme l'endroit est dégagé, le vent paraît même plus puissant. Les feux arrière se succèdent sur des centaines de mètres, jusqu'au pont suspendu qui ballote en ondulant dangereusement au-dessus du vide. La circulation est coupée. Personne n'ose s'aventurer sur l'édifice. Des automobilistes abandonnent leur véhicule pour continuer à pied. Un camion de la Croix Rouge distribue de grands sacs blancs, qu'on s'arrache dans la cohue. Je me méfie de la foule.

Nous marchons sur le bas-côté, la tête en avant. Craignant d'attirer les regards, nous pressons le pas. Bientôt, nous quitterons la voie principale, rattraperons la sente qui conduit au taudis de mon père. Le poêle nous réchauffera. Nous raconterons nos déboires, et prendrons les mesures nécessaires. Prévenir les autorités qu'un meurtre a été commis, que des pilleurs sèment la terreur près du supermarché.

Arrivé à l'embranchement du chemin, un pressentiment m'incite à pousser jusqu'au pont pour m'assurer une vue plongeante sur la maison. Accoudé au parapet, je force ma raison à se mettre en veilleuse. Les réverbères, la lune et les étoiles voilées, d'autres lueurs moins crues projetées des hauteurs se reflètent en surface. Difficile de mettre des mots sur ce que je vois. La crue a tout englouti. Le fleuve, si près de l'embouchure, dévore de moitié la colline. Le taudis de mon père a disparu. La belle demeure de Dalila, sur la rive opposée, a subi le même sort, enfouie sous des milliers de mètres cubes d'eau.

* * *

Plusieurs fois, tu dois changer de direction, en raison des failles dans la croûte terrestre. Nano a perdu connaissance, avant de revenir à lui. Avec son ceinturon, Auguste lui a fait un garrot à mi-cuisse.

Tu voudrais trouver l'hôpital, puis rejoindre l'école de ton garçon, mais tu dois te résoudre à l'évidence. Vous êtes perdus en plein cœur de la nuit. Encerclés par les eaux. Le convoi cahote, progresse avec lenteur sur des chemins en partie submergés. Tu te sens coupable. Comme si ta propre lâcheté avait engendré le désastre. Si ton gros orteil avait pressé la queue de détente, si la balle avait perforé ton crâne, si le sang et le liquide cérébro-spinal avaient maculé l'éponge de ta vieille serviette de toilette, tout serait rentré dans l'ordre. L'huissier aurait trouvé ton corps. Le soleil fait le jour.

Tu écartes les mèches de tes yeux, passes la troisième dans la ligne droite. Au sortir d'un faux plat, tu aperçois le champ d'éoliennes. La violence des rafales fait tournoyer en accéléré les gigantesques pales. Tu diriges le tracteur au jugé, jusqu'à voir rejaillir les ornières dans une montée. Plus loin, le sol décline, le chemin disparaît pour de bon.

La terre tremble. Une secousse très courte, loin de l'épicentre. Mais tellement profonde qu'elle semble prendre sa source au sein même de ton corps. Tu serres les dents. Un nouveau séisme, à peine plus long, te fait réaliser ta petitesse. Un rang de peupliers s'incline, soulevant la terre emprisonnée dans les racines. L'eau s'engouffre aussitôt dans la brèche.

Les roues avant sont à demi noyées. La tempête ne faiblit pas, et tu n'as qu'une vague idée, pour avoir déjà observé de loin le parc éolien, de l'endroit où vous êtes. Si la crue atteint cette zone, tu n'oses imaginer la situation aux abords de l'estuaire.

Tu coupes le moteur sous un ventilateur géant, et tu descends du tracteur. Tes bottes se gorgent de boue.

En pataugeant, tu cours t'enquérir de tes passagers, entassés les uns sur les autres, pareils à des chiots en sevrage.

– Auguste, tu cries.

La cargaison s'agite un peu. Le visage de Lilu apparaît, avant qu'un nuage ne masque la lune.

– Passez-moi le fusil, tu dis. Et la boîte en carton qui va avec.

Tu lèves les genoux, progresses en tenant Attila à bout de bras, comme un soldat dans une rizière. Au pied de l'éolienne, tu gravis une volée de marches, vises à bout portant la serrure. Le recul te secoue l'épaule. La porte claque en pivotant sur ses charnières, un trou béant sous la poignée. À une centaine de mètres de là, tu renouvelles l'opération, pour libérer l'accès d'un abri supplémentaire. La porte résiste, tu termines le travail à coup de botte.

Le groupe se divise, les tâches sont réparties. Vous investirez l'éolienne la plus proche, avec Lilu et les cousins. Auguste entraîne Romina et son mari Vlad, vers l'autre machine. Livré aux intempéries, Nano patiente dans la remorque, pendant que vous déchargez. Tu portes un matelas enroulé, gorgé d'eau, retenu par une cordelette qui te scie l'épaule.

L'intérieur du mât est spacieux à la base. La lumière, une simple ampoule grillagée, s'allume par magie quand tu presses l'interrupteur. Tu déposes les affaires, reviens t'occuper du blessé. La douleur le rend agressif. Tu le traînes de force dans l'eau marronnasse, l'installes au rez-de-chaussée, sur une plateforme en acier quadrillé à un mètre du sol. Au sec.

– Mon frère, il dit.

– Il déplace le tracteur pour aider les autres. Il revient.

Le niveau ne fait que croître, il va falloir aménager le campement aux étages supérieurs. L'échelle à montant central est rudimentaire. Tu grimpes sans baudrier ni mousqueton pour te relier au rail anti-chute. Vu le nombre de panneaux relatifs aux consignes de sécurité, tu prends des risques inconsidérés. Lilu te suit, les bras chargés d'une sorte de cadre en bois et de sacs en plastique.

– On va monter les affaires étage par étage, tu dis. Après, on s'occupera de Nano.

Elle te regarde escalader péniblement. Le matelas t'encombre, et te déséquilibre. Arrivé au premier palier, une trentaine de barreaux plus tard, tu jettes le rouleau de mousse. Lilu dépose son cadre, dont des rabats cachent le contenu. Tu redescends chercher le reste. Du linge et de la nourriture. Des câbles haute-tension, rassemblés en fagot, cheminent à vos côtés.

– Tu as vu Javier ?

– Il aide les autres.

Tu ne sais pas quoi dire pour dédramatiser la situation, ou faire sourire la jeune femme. Après tout, tu viens de trouver un lieu sûr. Un toit solide sous lequel attendre sereinement la fin de l'ouragan. Le boyau se resserre juste avant la troisième plateforme. Les secousses du vent se ressentent dans tout l'édifice. En tes doigts recroquevillés tu n'as que peu confiance. Tu ne pensais pas que le mât se balancerait autant.

De nouveau la terre a tremblé, tu en es sûr. Tu embrasses le montant central, paré à endurer la prochaine secousse qui n'arrive pas.

Le dernier palier permet d'accéder au sommet via une courte échelle à crinoline. Dans la nacelle, le bruit est difficilement supportable. On se croirait dans le tambour d'une machine à laver. Tu caches la déception avec de l'ironie.

– La suite impériale, tu cries en tendant le bras.

Lilu t'aide à dérouler le matelas sur le châssis de l'axe principal. Des plaques à ailettes rivetées à la carlingue, exhalent un souffle tiède. L'appareillage électrique prend beaucoup de place. Tu poses le reste du chargement contre une armoire métallique bleue, qui semble abriter la génératrice. Un pictogramme triangulaire jaune représente un homme foudroyé.

– Je vais chercher les cousins, tu dis avec regret.

Tu les avais presque oubliés. La descente s'effectue sans encombre. Tu as gardé en toi sans le vouloir un peu du regard tendre de la femme-papier. L'étrange attrait de sa fossette en biais.

Entre le deuxième et le premier niveau, tu t'arrêtes net, quand ton pied affleure la surface de l'eau.

* * *

Les parents attendent certainement en sûreté, terrassés par l'angoisse, enveloppés dans une couverture dorée.

– L'église.

– Quoi, l'église ?

Je crache, et empoigne la bandoulière de mon sac en signe de détermination.

– Mon père. Il a dû grimper jusqu'à l'église.

Je lève le doigt en direction de la colline. Dalila se détourne en croisant les bras.

– Et ma famille, à moi, tu crois qu'elle y est dans ton église ? Je pars dans l'autre sens…

La bande roulante du pont suspendu fait des sinusoïdes au-dessus de l'eau. Tenter la traversée, même à pied, relève de l'inconscience.

– Comme tu voudras. Merci de m'avoir ramené de l'école. Et… Euh… Bonne chance pour la suite.

Je serre la main de ma camarade et tourne les talons. Je longe la route dans le sens inverse, en m'évertuant de ne pas me retourner. Une forme blanche, faiblement éclairée, à moins d'un jet de pierre, m'intrigue. Un homme prend la tangente. Plus je m'approche, plus la texture de cette chose pâle me semble familière.

– Attends, j'entends derrière mon dos. Feu-de-bois !

Les paroles de Dalila se perdent dans le vent.

– Qu'est-ce que c'est que ça, elle demande.

En approchant, la forme se fait corps. Un corps nu et massif. Celui d'une femme charpentée, dont on ne voit que la partie inférieure, l'autre disparaissant dans la boue du fossé. Une paire de fesses, mafflue et offerte. Deux jambes, deux pieds. Un collant roulé aux chevilles. Un cul, dont la raie brune abrite une bataille de poils, d'où s'écoulent des traînées de rouille. Un mélange de décence et de curiosité nous fait ralentir. La femme est morte, étouffée dans le marigot. *Que les joies qui furent tiennes amoindrissent nos peurs.* L'horreur fait partie de la vie, il ne s'agit là que d'un surcroît temporaire. *Que la terre boive ton vin.* Les suicides sont monnaie courante, les tueries font les gros titres depuis des lustres. Déjà les chiens sauvages rameutent leurs truffes écorchées et leurs yeux crevés.

Nous empruntons le sentier, où ruisselle un torrent boueux. J'empoigne des touffes d'herbe pour ne pas dévaler dans le lit du fleuve. Une crevasse, pareille à ces vaisseaux sanguins qui zèbrent le blanc de l'œil, ouvre une brèche sur des kilomètres. Des éboulis de roches ont redessiné le relief. Je ne reconnais plus ma colline. J'aide ma camarade, dont les souliers de petite fille sage glissent. Le bas de sa robe maculée lui donne l'air d'une gueuse.

Arrivés à mi-parcours, alertés par un déchirement du ciel, nous nous tournons pour contempler la vue. Le pont suspendu vient de céder. Il tire une langue de route que les flots absorbent en la déportant paresseusement. Les véhicules s'y étant finalement aventurés s'enfoncent dans une effusion de bulles. Des plaques de tôle ondulée traversent notre champ de vision, des morceaux de bois, des débris non identifiés. À coup de tonnerre, de klaxons hystériques, de filins d'aciers claquant comme des fouets, de hurlements d'automobilistes restés sur la chaussée, la bande son prend un tour diabolique.

– Tu crois qu'on va mourir ? demande Dalila.

– Ce sont les vieilles personnes qui meurent, pas les enfants.

Nous progressons parmi la végétation, pataugeant dans les flaques, nous glissant de profil entre les rochers, jusqu'au point culminant. Parvenus sur le crâne dégarni de la colline, nous apercevons la chapelle. À la terre battue souillée, succède un parvis de dalles de pierre plus commode à fouler.

Je pénètre par la porte entrouverte, suivi par Dalila terrorisée. Nous refermons, écoutons. Le dehors est moins bruyant, étouffé par l'épaisseur des murs. La roideur des lieux a quelque chose de rassurant. Nos corps secoués depuis des heures éprouvent la stabilité des fondations, la résistance des matériaux, avec une acuité décuplée.

– Papa, j'appelle.

À part l'écho, nul ne répond. Une chauve-souris volette, trouve de quoi se suspendre. Dalila allume le flash du téléphone, révèle progressivement la nef. Des bancs disposés de part et d'autre de l'allée centrale, face à l'autel. Une dizaine de cierges éteints. Des rameaux de buis. Une chaire ouvragée, chapeautée par un dais aux montants torsadés. Aucune présence humaine pour nous réconforter. Seuls au monde. Dans la bouche cousue de la nuit.

* * *

Tu refuses de comprendre. Comprendre pourrait te faire admettre. Admettre risquerait de te faire accepter. L'eau s'est engouffrée à l'intérieur du mât. Pourtant, quand tu as défoncé la porte, la crue n'atteignait pas le seuil.

– Nano, tu gueules.

L'échelle disparaît dans le liquide étal et brun. Le tronc creux de l'éolienne est rempli.

– Nano !

Une tasse de chocolat chaud de la taille d'un bassin de station d'épuration.

Tu respires avec peine. L'angoisse te serre la gorge.

– Lazare ?

À peine audible dans le bruit des moteurs, la voix de Lilu résonne, depuis les niveaux supérieurs.

– Lazare, tout va bien ?

Une fois encore, les événements dépassent ton entendement.

– Oui… Ça va, tu dis d'une voix minuscule.

Au moment de l'engorgement, le corps immobilisé de Nano a dû se retrouver plaqué sous la première plateforme. Tu hésites à plonger. Il serait absurde de périr en secourant un cadavre.

– Que se passe-t-il ?

– Rien, tu dis plus pour toi que pour elle.

Tu n'as plus envie de sourire. Le regard bleu de ta codétenue s'est estompé derrière les brumes de ton courroux.

Ta main droite se désolidarise du barreau, empoigne le suivant. Ton pied gauche reproduit le mouvement. Tu tractes ta carcasse. L'humidité, la dureté du métal, rendent tes paumes douloureuses. Tes pieds baignent dans la vase qui stagne au fond de tes bottes. Alors que ton corps fonctionne par automatismes, tu penses à ton garçon, au milieu du grand maelström. Tu penses à Nano, à ses poumons gorgés de tourbe. Tu penses aux autres, balayés sans doute par le mascaret. Fauchés avant d'avoir atteint leur tour de Babel. Tu penses au paysan rougeaud, couché par les balles de ton arme. Tu cherches un sens à ta survie. Tu empruntes l'échelle à crinoline, rejoins la nacelle. Lilu a déballé ses affaires, étendu le linge humide sur les grilles de ventilation.

– On est prisonnier, tu dis en retirant ta veste de travail pour la mettre à sécher.

– Où est Nano ?

Tu retires tes bottes, vides le fond crasseux par la trémie de l'escalier. Tes chaussettes dépareillées, sales et imbibées, s'étirent comme de la pâte à pizza.

– Mort.

Tu essores tes chaussettes. Le jus répugnant coule dans tes manches de chemise.

– Noyé.

Les lèvres retroussées, elle tente de décrypter l'information malgré l'incohérence du discours et des gestes. Le flegme apparent avec lequel tu fais ta lessive.

– Il est où ? elle demande en forçant le ton.

– L'eau est montée…

– Où est Nano ?

Tu regardes tes pieds nus aux ongles noirs. Les moutons de tissu trempé, les grains de sable entre tes orteils.

Quand Lilu reparaît, tu es allongé sur le matelas froid. Elle ne dit rien, vient s'asseoir à tes côtés. Dehors, la tempête ne faiblit pas. À l'intérieur, le raffut des rotors assourdit l'atmosphère. La nacelle tremble et se balance au gré des sautes de vent.

– Tu le connaissais ?

Elle ne répond pas, trop occupée à enrouler l'étoffe bariolée de sa robe autour de son index.

– Nano, tu le connaissais ?

Elle fait non de la tête, plus pensive que triste.

– On va crever, elle dit.

– Un jour ou l'autre.

– Une nuit, tu veux dire.

– Oui, une nuit.

Elle fixe la lumière artificielle. L'ampoule en cage. La partie du plafond équipée d'une fenêtre de Plexiglas. La petite trappe carrée, à vérins pneumatiques, qui permet d'accéder à l'extérieur.

– Ça va s'arranger, tu dis sans le penser.

Tu imaginais ta fin autrement qu'enfermé dans cette centrale de production d'électricité austère, bruyante, exiguë. Quarante mètres au-dessus des flots. Tu prévoyais une rupture franche, plutôt qu'un déclin paresseux, dans la soif et la faim, l'inconfort de tes excréments.

– Quand le vent se sera calmé, elle ajoute d'une voix changée par la détermination, j'irai voir sur le toit.

* * *

Avec les allumettes trouvées dans le bénitier en pierre, je fais briller les cierges. À la lumière des bougies chauffe-plat disposées en cercle sur le drap blanc de l'autel, nous ôtons pudiquement nos vêtements humides pour ne garder que l'indispensable. Un slip de coton blanc pour moi, une culotte et un débardeur pour elle.

– Qu'est-ce que c'est ? elle demande en effleurant des doigts les cicatrices hypertrophiques sur la peau de mon torse.

– Rien, je dis. Du lait.

– Du lait ?

– Bouillant, je précise. Dans une casserole.

– Ça fait mal ?

Je fais celui que ce genre de contingence bassement humaine n'a jamais concerné.

– C'est beau, elle dit. On dirait une carte de géographie.

Dans ce simple appareil, nous procédons à l'étude détaillée du lieu. L'unique porte, basse et close, doit donner sur une pièce supplémentaire. D'un crochet, je retire une aube de prêtre dont je couvre ma partenaire. Dalila sonde la poche, en sort un trousseau de clefs, ouvre la porte du local attenant. Une table, deux chaises, un casier de fer, un petit poêle avec de quoi l'alimenter. Ce mobilier spartiate nous apparaît soudain d'un luxe déplacé.

Je fais du feu, sans rien prononcer d'autre que des sons monosyllabiques. Je me rappelle comme j'en avais la responsabilité, conférée par mon père. Je plaçais le papier journal, entortillé, puis les sarments secs ramassés dans les vignes à l'abandon, ainsi qu'une ou deux courtes bûches fendues à coup de reins. À genoux, comme en prière. J'aimais vivre l'instant de l'embrasement. La satisfaction d'accomplir un rituel séculaire. Les premières morsures du feu sur mes joues, me faisaient prendre du recul. J'étais le garant du réchauffement de l'atmosphère. Mon père alors faisait tourner un disque. Du jazz quand il était d'humeur légère. Il était fier de moi.

Dalila étend le linge sur les dossiers de chaise, près de la source de chaleur. Je dispose mon livre entrouvert sur la tranche. La carte postale du Mont d'Airain est gondolée. Au verso, l'inscription bave un peu.

Dans le casier métallique, je mets la main sur une toge à capuche, que je passe. Une miche de pain dur, une bouteille de vin entamée, une pile de revues avec des gens nus. Une bible, que nous faisons brûler. Assis à table, nous grignotons le pain. Quand la soif se fait trop prégnante, nous buvons en grimaçant de menues lampées de vin rouge.

– Comment ils peuvent boire ça ?

Dalila crache par terre, et nous rions.

– On dirait du poison.

Elle a les dents violettes.

– Tant pis, j'ai trop soif.

– Redonne-moi du poison.

Quelques gorgées suffisent à nous griser. Nous parcourons, interdits, les pages des magazines, en déchiffrant les commentaires inscrits au stylo bille. *Petite garce.* Nous regardons les photos suggestives comme on appréhende une langue étrangère. *Tu veux mon vit.* Avec un mélange de crainte et d'amusement. *Tu aimes ça.* Les revues sentent le vice et le renfermé. Je renverse la bouteille, le vin coule sur la pierre.

– Feu-de-bois !

Des fourmis dans les jambes, nous déambulons parmi le mobilier massif. Nous trébuchons en marchant sur nos robes, qui traînent au sol. Quand Dalila trouve la corde, nous poussons même des cris d'excitation.

– Moi d'abord !

– Non, c'est moi qui l'ai trouvée.

– Tous les deux à la fois sinon.

C'est ainsi que nous nous retrouvons ballottés de bas en haut, comme des petits curés miniatures. Entraînés par le poids de la cloche de fonte, qui tinte à réveiller les morts. Qui brûle nos tympans, et nous retient provisoirement en enfance. Dix, vingt fois nous la faisons résonner.

À bout de souffle, étourdis par l'alcool et le tocsin, nous nous asseyons sous le balancier finissant. Sentant le sommeil arriver, je récupère mon livre, encore moite. *De tous temps, la mort suscita le fantasme de ses prétendants. Tantôt brandie comme la promesse d'un après plus suave que sa morne existence, tantôt symbole de pénitence pour qui mal agissait.* Dalila se blottit contre moi.

– Feu-de-bois, elle dit.

– Oui.

– Tu peux me faire la lecture ?

– Pas si tu te moques de moi.

– J'aime bien entendre ta voix.

– *L'esprit deviendra l'apanage unique du vivant.*

– Feu-de-bois ?

– Oui.

– Désolée pour tout ce que j'ai dit.

Demain le soleil se lèvera, tout rentrera dans l'ordre. Et la jeune fille redeviendra inaccessible et odieuse.

– *La défection des superstitions,* je reprends à mi-voix, *destituera la peur et le soluté redressera l'échine pour affronter fièrement la nuit, devenue sa plus vile ennemie.*

– C'était quoi, elle chuchote.

– Un tremblement de…

Un nouveau séisme, plus fort que tous les précédents, gronde jusque dans nos ventres.

Lovés dans la toile rêche de nos habits d'ecclésiastiques, nous dormons à même le sol, entremêlés en nid de serpents.

* * *

Ton regard embrasse le cadre, retourné contre le carter bleu d'une machine austère. Un bois grisé, plein de nœuds.

– C'est quoi ? tu demandes.

La nacelle tremble. Lilu ferme les yeux, se cambre en cramponnant le matelas de mousse détrempé.

– Rien.

Tu t'interdis de le découvrir par toi-même, poursuis l'inventaire spéculé des effets de la jeune femme. L'un des sacs semble contenir des conserves, un autre des rouleaux de papier endommagés par la pluie. Lilu a mis des cigarettes à sécher. Une dizaine, alignées dans le courant d'air d'un ventilateur. L'odeur caramélisée du tabac est trop fugace pour annihiler celle des pieds. Quoi faire sinon se reposer ? Pour retrouver ses idées claires, lavées par le sommeil. Tu laisses le vent secouer la cabine comme une cabane en haut d'un arbre. Le ciel pisser des cordes. La terre disparaître sous les coulées brunes.

Tu rêves de tes balades nocturnes, lorsque Feu-de-bois dormais, et que tu ne parvenais pas à trouver l'apaisement. Tu le laissais seul, sans prévenir, et marchais vers le port fluvial où des cargos déchargeaient leurs marchandises à toutes heures. Tu buvais un verre au tripot des sang-mêlés, aidais la patronne à faire les comptes, la plonge ou l'inventaire. Tu traquais les silhouettes féminines, dans les cônes blancs de l'éclairage fatigué. Ces femmes tout en décolletés, en bas grillagés. Entendre leur voix, croiser leur regard, te suffisait. D'ailleurs, tu n'avais pas d'argent sur toi, les sang-mêlés ne te versaient jamais ton dû. Tu rentrais au taudis au pas de charge, rassasié, haletant, encore sous le coup des sueurs qu'elles t'avaient procurées.

C'est le silence qui te réveille. L'alternateur s'est arrêté. Tu n'entends plus les pales fendre l'air et les rotors générer leurs champs magnétiques. À travers le Plexiglas terni par les UV, la lune pleine diffuse une lumière électrique.

– Lilu, tu chuchotes.

Elle grogne dans son sommeil. S'autorise inconsciemment la familiarité d'une main plaquée sur ta poitrine.

– Laisse-moi.

– Lilu… Écoute.

Sa bouche fait un bruit de mastication. Elle avale sa salive.

– J'entends rien.

– Justement, tu dis. On dirait que ça s'est calmé.

Elle remue les épaules, se désenclave des songes. Avec ses index pliés, elle se frotte les yeux.

– J'ai soif, elle dit.

Tu abaisses la poignée qui permet l'ouverture de la trappe, au plafond. Un filet d'air parvient à tes narines. Embruns iodés et dioxyde de carbone. Tu escalades les cavaliers, poses un pied sur la toiture blanche recouverte de bandes antidérapantes.

Le vent est faible, l'air tiède. Ton corps tremble, à l'idée de se mouvoir aussi loin du plancher des vaches. Tu te redresses, et t'assieds aussitôt en découvrant le nouveau monde.

## LE DEUXIÈME JOUR

*[Dieu dit : Qu'il y ait une étendue entre les eaux, pour séparer les eaux des eaux. Dieu fit l'étendue, et il sépara les eaux qui sont au-dessous des eaux qui sont au-dessus. Et cela fut ainsi. Dieu appela l'étendue ciel. Il y eut un soir, et il y eut un matin, ce fut le deuxième jour].*

Pris pour un signe de ralliement ou un appel à l'aide, le clocher trop bavard a rameuté deux visiteurs. Des adultes. Un vieux maigre au teint bistre, les yeux soulignés d'épais cernes bruns. Un blond au faciès porcin, en pyjama rayé souillé de glèbe, armé d'un club de golf. Jambes écartées, légèrement fléchies, ils semblent parés à se battre.

– On dirait des gosses, dit le vieil homme.

Notre pose, sous la faible lueur des bougies, les intrigue.

Je me frictionne les cils comme pour en décoller une vision horrifique.

– C'est peut-être un piège, dit le gros en faisant passer son club d'une main à l'autre.

Ils cherchent l'hostilité dans mon regard, devinent la chevelure brune de la jeune endormie.

– Tout va bien les enfants ? demande le vieil homme. Nous venons en amis. Je m'appelle Ahmed. Vous… Vous êtes seuls ?

J'opine en m'essuyant les commissures.

– Et la gamine, elle est blessée, demande le gros.

– Non.

Dalila avorte un cri, d'une main sur sa bouche.

– Oh ! C'est bon, t'inquiète pas. On vous fera aucun mal.

Elle se met à hoqueter comme un disque rayé.

– Qu'est-ce que vous voulez ?

– On cherche à rejoindre une communauté, sur un îlot.

– Quoi ?

Les deux hommes échangent un regard.

– Un groupe de survivants.

– Oui, mais où ?

– Vous êtes là depuis combien de temps ?

– Je sais pas, je dis. On est monté à pied quand le pont a cédé.

Dalila m'accompagne dans la sacristie. Les bûches sont consumées dans le poêle et nos habits sont secs. Nous nous habillons en silence, dos à dos. Je range mon livre gondolé et les revues cochonnes dans ma besace. Assis sur un banc, les hommes font des messes basses.

– Qu'est-ce qu'on fait ? Dalila chuchote.

Après un bref conciliabule, nous rejoignons les visiteurs à l'extérieur. Le jour n'est pas levé. Il faut tenir la nuit pour acquise. La pluie pèse moins lourd, elle ne pique plus la peau. Le noir du dehors est bleuté comparé à celui orangé de la chapelle. Les nuages ne voilent pas la lune pleine, qui parachève la vision onirique. L'immense majorité des sources lumineuses terrestres ayant été anéanties, les étoiles et la voie lactée composent un spectacle vertigineux. La crue a pris des proportions bibliques. L'eau a submergé les terres, ne laissant découverts çà et là qu'une poignée de récifs épars. La colline est cernée. L'église matérialise le centre d'une île de la taille d'un terrain de football. À quelques encablures, un feu lancine depuis une pointe émergée. Un avion survole la zone à basse altitude, à la recherche d'un terrain propice à son atterrissage forcé. Je n'envie pas les passagers.

La barque des deux hommes a été traînée sur le sol dallé. Je m'en approche, effleure la proue. Jauge entre mes doigts le reliquat de l'aussière encore noué au foc. Reconnais les traces de sang sur le pontage arrière.

– Vous avez vu mon père ?

Le vieil homme pose un genou à terre pour me répondre.

– Il est comment ton père ?

– Triste… avec des doigts tordus.

Je mime les serres d'un rapace.

– Non, je ne crois pas, dit Ahmed en posant sa main sur mon épaule. Pourquoi on l'aurait vu ?

– C'est sa barque.

Le gros type en pyjama écarte une mèche de cheveux blonds collée à son front, et se mouche dans ses doigts en bouchant une narine avec son index.

– *C'était*, il dit. Maintenant c'est la nôtre, depuis que monsieur a eu la bonté de me faire monter à bord.

D'un mouvement de menton, je désigne le club de golf.

– Et ça, c'est pour nous taper dessus ? je demande.

– C'est tout ce qui me reste… Quand la vague est passée, j'étais barricadé dans ma propriété, avec ma femme. La télé conseillait de rester chez soi, mais j'ai entendu du bruit dans le garage… Les images des pillages tournaient en boucle… J'ai pris un fer au hasard et je suis sorti voir ce qui se passait. Et c'est arrivé… Un glissement de terrain a tout emporté… J'ai flotté tant bien que mal et je me suis retrouvé empêtré dans les cyprès… Et puis j'ai vu Khaled avec la barque.

– Ahmed, corrige l'autre.

– J'ai nagé, avec mon putter dans les mains… J'voulais le garder, il me restait que ça… On réfléchit pas dans ces cas-là.

– Vous allez où ?

– Il paraît qu'il y a des survivants, chez la… La Dormeuse, dit Ahmed. C'est ce que j'ai entendu.

– Chez qui ?

– Écoutez pas ces conneries.

– Une vieille bonne-femme, dans les montagnes… Le Mont d'Airain ça s'appelle…

– Je connais, je dis.

– La Dormeuse ?

– Non, la montagne de cuivre, j'y suis allé avec mon père.

Elle figure sur la carte postale trouvée dans mon jardin, sur le corps démantibulé du suicidé.

– La Dormeuse aurait des… Des pouvoirs, enfin on y croit ou pas… Mais elle avait prévu le truc apparemment, et ils sont une poignée, dans un village sur les hauteurs.

– On vient avec vous, je dis.

– Certainement pas, vous restez ici. C'est trop dangereux.

– On repassera vous chercher quand on aura trouvé les autres.

– On a de quoi payer, dit Dalila.

Le gros type part dans un éclat de rire.

– Ah c'est bien la meilleure… T'entends ça Kamel ?

Dalila disparaît dans l'église, puis revient en courant avec le sac de cuir sur son épaule. Sans se départir de son sérieux, elle en sort les revues et une bouteille de rhum.

* * *

Lilu envoie valser un crachat. Tu écopes d'une salve de postillons. Vous êtes assis les pieds dans le vide, sur la coque lisse de votre vaisseau futuriste. L'océan s'étend à perte de vue, sous l'œil malveillant de la lune. Les autres moulins du parc éolien sont à l'arrêt, l'un s'est même effondré le bec dans l'eau.

Leurs trois pales immobiles, stagnent cinq ou six mètres au-dessus de la surface. Un avion de ligne vole à basse altitude. Dans un réflexe idiot, tu lèves les bras au ciel.

Lilu garde la bouche bée. Un flash clignote encore, sur l'une des plus lointaines machines. Tu inspectes le gyrophare éteint, juste derrière toi. La station météo, ou ce qu'il en reste. L'antenne d'acier fièrement érigée.

– C'est beau, elle dit.

Tu hoches la tête, bien que l'effroi supplante l'émerveillement. Des grues s'égosillent, rasant les mares d'écume en formation désordonnée. Sur la girouette cassée, tu prélèves des projectiles. De toutes tes forces, tu balances une poignée d'écrous. Tes bombes manquent leur cible.

Lilu, la première, regagne l'appartement improvisé. Elle déballe le sac contenant la nourriture. Du thon, des raviolis bolognaise au tofu, des champignons de Paris, le tout dans des boîtes de conserve premier prix.

– Merde, elle dit. J'ai pas d'ouvre-boîte.

L'une de ses incisives a perdu son éclat. Cette imperfection dans le sourire, lui confère un charme troublant.

– C'est quoi ? tu demandes une nouvelle fois, en désignant le cadre.

– *Kamishibaï*, elle dit. Un théâtre de papier.

Elle soulève l'objet par la poignée. C'est un panneau de bois sculpté, joliment ouvragé. Des rabats montés sur charnières découvrent un carré ajouré, qui devient un écran lorsque l'on glisse des illustrations par les fentes latérales.

– Le théâtre, c'est *butaï*.

Elle sort un carton illustré d'un sac, l'insère à l'intérieur.

– *Emaki*, elle dit. C'est le nom japonais.

Sur l'imprimé aux couleurs désuètes, un garçon aux cheveux orange déambule sur un sentier, entre des collines bleues.

– Et ça fait une histoire ?

– Normalement oui. On raconte à voix haute pendant que les images défilent, mais j'ai perdu le texte. Il ne me reste que les cartons…

Ta curiosité assouvie laisse place à une faim redoublée. Sur le dessus d'une armoire électrique murale, tu déniches une clef en croix, assez lourde et pointue pour perforer le couvercle d'une boîte de conserve.

– À table, tu dis en la plantant comme un poignard.

En faisant levier, tu libères cinq cents grammes de raviolis englués de sauce tomate. La nourriture la plus roborative parmi celle à disposition.

– Ça sent bizarre, elle dit.

– Parce que c'est froid. Mais y'a pas de raison que ce soit mauvais.

Tu renifles, et l'odeur de la préparation industrielle t'ouvre encore l'appétit. Lilu glisse deux doigts dans la boîte, attrape un ravioli, le porte à sa bouche. Tu l'imites. À la fin de l'agape, vos joues sont barbouillées de sang.

* * *

L'embarcation s'éloigne de la rive dans le clapotis des rames de fortune et le murmure de l'eau contre le bordé. Les adultes boivent tour à tour au goulot de la bouteille, alors que nous pagayons comme des forçats. La barque penche du côté du plus lourd. Les gerbes soulevées nous trempent. Direction ce qui brûle à l'horizon.

– Tu faisais quoi avant ? demande le gros. J'veux dire, dans la vie.

Ahmed ne répond pas. Il fait descendre une longue gorgée, essuie ses lèvres avec sa manche.

– De toute façon, maintenant ça n'a plus d'importance, ajoute le gros. Tu peux bien me dire.

– Je vivais dans une famille, des bourgeois de la campagne… Un propriétaire terrien, sa femme et leurs gosses. Dans une ferme-usine bio… J'ai été adopté à l'époque des démantèlements. Tout le monde disait que c'est ce qui pouvait nous arriver de mieux.

– Ils te faisaient faire quoi ?

– Un peu de tout… Travaux agricoles, cuisine, ménage… On était quatre. Comme je parle sans trop d'accent, je servais à table aussi, pour les banquets… Et toi ?

– Moi j'étais dans les affaires.

– Quel genre ?

– Databroker. J'avais ma boîte.

– C'est quoi ça ?

– Je gérais des portefeuilles de data de grands groupes industriels, et je devais les faire fructifier.

– Comme un trader ?

– Oui, mais avec des données numériques.

– Et, tu… Tu avais adopté ?

Le gros type attrape un morceau de bois et entreprend de contribuer à l'effort collectif. Au-dessus, l'avion tourne en rond. Le kérosène va s'épuiser, et ils sombreront tous.

– Non. J'ai toujours refusé, il dit. On était contre.

Dalila s'épuise, ses mouvements désynchronisés n'ont plus vraiment d'utilité. Les débris frôlent la coque. Branches et morceaux de plastique, dépouilles de chiens, bâches, bouteilles, valises, gouttières en PVC.

– Et la barque, tu l'as trouvée où ?

– Dans le hangar des machines.

– Qu'est-ce qu'elle foutait là ?

– Aucune idée. J'ai entendu des coups de feu… Je suis sorti, et j'ai vu le chef de famille avec une balle dans le cou. Il crachait du sang… Avec la nuit qui voulait pas partir, le déluge, le patron en mauvaise posture… Je sais pas, c'était comme un signal… Je me suis autorisé à foutre le camp. Ça faisait des années que j'y pensais, j'attendais juste le bon moment. J'ai traîné la barque, y'avait de l'eau partout, et je suis monté à bord.

– Je connais pas l'ampleur de ce qui est en train de se produire, mais j'imagine que ça touche beaucoup, beaucoup de monde… J'ai vu des quartiers entiers disparaître à cause des tremblements de terre.

Le gros est pris d'un vague à l'âme. Ses yeux brillent plus fort. Et les traits de son visage bouffi deviennent flous, comme peints à l'aquarelle. Il s'envoie une grande rasade.

– C'est sûr, dit l'autre. Rien ne sera plus jamais comme avant.

Si mon père n'est pas déjà mort, il a perdu ses seules raisons de vivre. Ses livres et ses disques. Son fils. Je gonfle d'air vicié ma poitrine, porte ma vue vers l'horizon.

– Le feu, je dis. Le feu a disparu.

Le vieil homme se redresse, fait tanguer la galère. Il scrute autour, en essayant de garder l'équilibre. Nous sommes perdus.

* * *

Tu tournes en rond dans la salle des machines, perché dans les hauteurs. Avec le balai, trouvé à l'étage inférieur, tu fais un brin de ménage. Régulièrement, tu escalades le toit, scrutes l'horizon, envoies ce qui te passe par la main en direction de l'éolienne d'Auguste. Tu t'accroupis au-dessus du vide, fais ta petite affaire, merdeuse contribution au monde. Tu redescends auprès de la femme-papier. Vous avez naturellement réparti l'espace, Lilu se change et se soulage sur la plateforme du niveau inférieur.

Tu dois trouver de quoi occuper ton esprit. Lilu boit le jus des champignons de Paris. À sa mine grise, tu comprends qu'elle n'a plus envie de parler. Avec son autorisation, tu griffonnes derrière les cartons de son *kamishibaï*. Le crayon de bois, dégoté parmi les fiches de suivi des données de production, est ton bourdon de pèlerin. Écrire te soulage. Te fais voir autrement la réclusion. Ta vie d'avant n'était pas tellement différente. Un espace réduit, un confort spartiate, de la nourriture fade, des carnets à noircir.

*Le dernier né s'entiche des astres fatigués,*
*Des parfums délicieux, du souvenir des villes*
*Des labours et des friches, et des fleuves à gué*
*Il ne voit pas des cieux, tomber les volatiles*

Lilu s'assied à ton côté, sur la paillasse. Tu te sens comme observé. Il y a son odeur, sa présence. Il y a sa peau, aussi. Partout. Sur son cou, dévalant sous les fines bretelles de sa robe, couvrant sa menue poitrine et ses mains. Le grain si fin qui couvre son visage. Le petit anneau d'argent à son nez. La virgule d'ombre, sur son menton.

– Tu as soif? elle demande en tendant la boîte de conserve.

Tu refuses d'un mouvement de tête, profites de l'amorce d'une discussion.

– Qu'est-ce que tu faisais avant?

Elle croise les jambes en tailleurs, sous sa longue robe. Plaque les paumes sur ses genoux.

– Quand j'avais la roulotte bibliothèque, je faisais la tournée des villages, je conseillais les gens, j'organisais des lectures. Des spectacles pour enfants, avec le théâtre de papier.

Elle replace une mèche brune derrière son pavillon percé tout du long.

– C'est pas mal ce que t'écris, elle reprend.

– Oh… Ça, tu dis un peu gêné.

Elle te fixe. Tu as peur que son œil traverse tes parois crâniennes, y voie ce que tu t'efforces de dissimuler. Tout ce charbon que tu n'as pas su faire brûler. Il y a longtemps que tu n'as pas vécu de proximité si étroite avec une inconnue. Tu en es là de tes réflexions quand un bruit mat résonne contre la coque de la nacelle. Lilu lève le nez au plafond. Vous cessez de respirer. De nouveau quelque chose vient heurter l'éolienne.

* * *

Personne ne rame plus désormais, l'embarcation dérive au bon vouloir des éléments. Raclant les cimes parfois, ou s'empêtrant dans les déchets. Le ton monte entre les aînés. La bouteille a été bue, puis balancée par-dessus bord. L'espérance déchue laisse remonter la colère en surface. Malgré le vent faible, la petite barque ballote dans les creux comme un manège de foire.

– On n'aurait jamais dû rester si longtemps à l'église. Le feu brûlait, putain, fallait décamper fissa… Et on n'aurait pas dû emmener les gosses.

– T'avais qu'à ramer, si tu voulais qu'on aille plus vite. Espèce de… Espèce de porc.

Le gros en pyjama se soulève. La barque manque se renverser. Nous nous accrochons à l'arrière, en nous tassant pour mieux disparaître.

La mâchoire d'Ahmed se contracte, ses tempes palpitent. Dalila se serre contre moi. Son cœur bat jusque dans mon corps.

– Calmez-vous, je dis.

Sortie de ma besace, je leur tends la bouteille. Les hommes se rassoient en ravalant leur hargne.

– C'est la dernière, je dis. Je vous préviens, après c'est terminé.

Le gros dévisse le bouchon, le jette à l'eau et se vide un bon quart de rhum dans le gosier. L'autre lui arrache des mains, pour l'imiter.

Ils se font face, un peu essoufflés, les lèvres brillantes d'alcool. Le gros part dans un fou rire. L'autre le regarde, interloqué, avant d'esquisser un rictus. Puis c'est l'ensemble de l'équipage qui se dissipe en éclats convulsifs et désespérés.

Quand les derniers spasmes s'estompent, les endorphines sécrétées ont redonné de l'espoir. Ainsi qu'un semblant de lucidité. Dalila propose l'utilisation de son téléphone.

– T'aurais pu le dire avant, lui reproche le gros.

– Fallait demander.

Une fonction S.O.S permet de faire clignoter le flash. On se relaye pour le brandir à bout de bras dans toutes les directions. On s'épuise vite. On décrète de renouveler l'opération dans une paire d'heures, pour économiser la batterie. On crie à la ronde, debout dans un équilibre précaire.

Je goûte le rhum, qui me brûle la langue et le ventre. Le moral retombe. L'agacement reparaît.

– C'est mon tour.
– J'ai pas encore bu.
– Si, t'as bu, passe-moi cette bouteille.
Ahmed vide le fond d'alcool blanc, recrache un peu d'air.
– Le problème est réglé, il dit en jetant le cadavre.
– Je croyais que les gens comme toi, ils avaient pas le droit de boire, dit le gros.
– Les choses changent, au cas où t'aurais pas remarqué.
– Passe le portable, ordonne le gros à Dalila.
– Si je veux.
– Non mais c'est pas une gamine qui va faire sa loi.
– Calme-toi. T'es le chef de personne ici.
– Toi l'esclave, tu fermes ta gueule.
– Arrêtez, je dis. Vous allez nous faire renverser.
Les adultes s'empoignent avec vigueur, et l'embarcation recommence de tanguer dangereusement.
– Espèce de fils de…
Le type en pyjama cogne Ahmed à l'oreille, qui trébuche en voulant riposter. Il abaisse son centre de gravité, reprend ses esprits en maintenant le petit banc de bois, quand le gros lui assène un coup de genou dans les côtes. Ahmed vomit de l'alcool. Il veut charger, mais l'autre a le dessus sans grande difficulté. Il lui attrape les épaules, le ramène à sa hauteur, et lui souffle son haleine à la gueule.
– À partir de maintenant c'est moi qui décide, tu m'as compris ?

Ahmed lui crache au visage. Un mélange de rhum, de bile et de salive. Le gros recule sa tête comme s'il allait éternuer et lui envoie un grand coup de front. Ahmed plaque ses mains sur son nez, ses globes oculaires roulent en arrière, le sang jaillit et coule entre ses doigts. Il fait un tour sur lui-même et bascule par-dessus bord. Son crâne dégarni reparaît au milieu de l'écume, il patauge sans méthode pour s'agripper aux troncs morts à sa portée.

– Attrape, je crie en lui tendant le club de golf.

Les vaguelettes l'entraînent déjà hors de portée. Le gros m'arrache le fer des mains.

– Donne-moi ça. De toute façon, il est trop loin, on peut plus rien pour lui.

– Sale type, lâche Dalila.

Le gros brandit son club, plein de morgue et de méchanceté.

– Redis-ça et je t'écrabouille ta petite gueule de princesse.

Le bateau s'éloigne, fend les grumeaux que forment en surface les souillures du monde.

* * *

Lilu agite les bras.

– Ils sont vivants, elle dit, les yeux embués de larmes. J'en étais sûre. Ils sont vivants !

Sa joie te vexe presque. Tu t'abstiens de la lui faire minimiser. Comme si ta présence ne suffisait pas. Dans le clair de lune, tu distingues les silhouettes.

Quatre santons de crèche, debout sur la plus proche des éoliennes.

– Javier a pu rejoindre les autres, dit Lilu, rassurée.

Les pales sont immobiles. L'eau charrie lentement les restes de vos vies d'avant. Des monticules flottants, amalgame de matériaux organiques et pétrolifères. À cette distance, impossible de différencier Romina de son mari, Auguste de son cousin. Tu as l'impression de les avoir quittés il y a une éternité.

Difficile de communiquer. Chacun s'épuise. Il ne reste qu'une silhouette, sur la nacelle. Le frère de Nano, tu dirais.

Lilu fume sur le toit. Ses clopes sont sèches. L'atmosphère s'est refroidie. Après des années de moiteur, tu retrouves cette sensation de fraîcheur perdue, qui te ramène à l'enfance. Alors, tu penses à ton fils. Cet enfant né quand nul ne l'attendait, au pire moment de l'histoire humaine. Quand la productivité des couples connaissait un déclin réputé salvateur. Le sperme des hommes, trop chargé en chlorure de benzalkonium dont les résidus contaminaient la nourriture issue de l'agriculture intensive, devenait moins fertile que l'eau de vaisselle. L'affection ne suffisant pas à infléchir suffisamment les courbes de natalité, des campagnes incitatives, comme le versement de la rente décennale d'improcréation aux femmes trentenaires se refusant à enfanter, voyaient le jour. Des groupuscules écologistes conduisaient des actions de grande ampleur, débranchaient les couveuses dans les maternités, sabotaient la poudre du lait des géants de l'alimentation infantile avec de la limaille de fer, mitraillaient les foules dans les parcs de jeux.

Ton fils n'aurait jamais dû voir le jour, pourtant tu l'aimes aussi fort qu'il t'est possible d'aimer. Ton enfant différent, sujet à des troubles autistiques induits par la pollution au mercure et au manganèse. Feu-de-bois a toujours effrayé les adultes. Il est l'un de ces gosses hybrides, dont on perçoit dès la naissance qu'ils détiennent une vérité qu'on devra s'efforcer de leur faire oublier.

Sur tes joues, les sillons humides captent l'air frais. Une odeur de vestiaire rôde à l'intérieur de la cabine, pareille à celle d'un chien rentré d'une pérégrination lors d'un dimanche pluvieux. Sur le carton, l'enfant et l'animal se rassemblent dans une étreinte.

*Le dernier né chemine avec celui qui veille*
*Sur la lune endormie, sur les hommes et les bêtes*
*Que les jours s'enluminent, ou que meure le soleil*
*Il porte au cœur l'ami et le feu sur sa tête*

Tu n'as pas le loisir de te relire, au-dessus, Lilu tape du pied.

– Lazare, elle crie.

À contrecœur, tu ranges l'*émaki*, gravis l'échelle de cavaliers. Agenouillé sur le dessus de la nacelle, tu te redresses progressivement comme si ton crâne contenait un liquide explosif. Tu as toujours peur qu'un vertige, en cas de redressement trop brusque, te précipite dans le vide.

Sur un drap blanc suspendu à leur éolienne, les voisins ont écrit *Nano ?* en lettres noires à peine visibles.

* * *

À la proue, le type en pyjama fait des signaux de lumière. Derrière, nous pagayons mollement, en échangeant à mots couverts.

– J'ai une douleur au ventre, me confie Dalila.

– C'est rien, c'est le mal de mer. Ça va passer, regarde au loin.

Dalila plisse le visage sous l'effet d'un spasme douloureux.

– Non, c'est pas ça, elle dit en posant la main près de son pubis.

La brume stagne à mi-hauteur, au-dessus des flots clapotant. Parfois un oiseau se pose sur une bouteille d'eau de Javel ou un baril de lessive. Je ne digère pas l'injustice. *Que les joies qui furent tiennes amoindrissent nos peurs,* je me répète, pour Ahmed. *Que toute la sueur versée naguère incite notre labeur.* L'adulte nous tourne le dos. Il joue à empiler des boules multicolores, sur le téléphone de Dalila. Le haut-parleur miniature émet de petits sons synthétiques et stridents.

À moins d'un jet de pierre, j'aperçois une jonque. Un homme à la moustache circonflexe et au chapeau pointu transporte un frigidaire. Sans me quitter des yeux, il disparaît dans le brouillard toxique. Son image met du temps à s'estomper.

Dalila s'est endormie contre mon épaule. Sa peau blanche, au grain si fin et bleuté par la lune, semble plus douce qu'une plume. Un oiseau pourrait s'y poser aussi sûrement qu'un baiser. J'ouvre le livre, remonte les genoux contre ma poitrine. *Son sacre fit du monde un terrain de rancœur et de frustration. L'amour n'eut d'égal que le culte qui lui fut voué. Une anicroche, pourtant, ou l'avènement d'une lassitude préméditée, d'une incartade trop mal dissimulée, suffisait à le voir ternir tel un mauvais métal avant de s'effriter.*

J'ai soif. Le bateau s'égare, bercé par le roulis. Mes yeux s'acclimatent à l'obscurité. Une fois les brumes dissipées, la vue sera dégagée sur plusieurs milles. L'aléatoire choisit notre destination. *Le soluté procréera dans l'allégresse, guidé seulement par l'instinct de la survivance et du repeuplement.*

Je relève la tête, pour soulager ma nuque et laisser infuser les mots. Le type en pyjama sort de sa léthargie. Le téléphone n'a plus de batterie. Dans la clarté lunaire, les feuilles argentées d'un arbre brillent au ras de la surface.

– Du rythme, beugle le gros. Restez coordonnés.

Je regarde le club, posé dans la cale, sur la pile de revues porno. Il suffirait d'écraser le putter sur l'arrière de son crâne. Le piaillement des oiseaux, posés par centaines sur les branches, me ramène à la réalité.

* * *

– Il faut leur dire.

– Qu'est-ce que ça change ?

– Rien. Mais pour le principe, il faut leur dire.

– Tu crois pas que le vent a tout emporté ? Les grands principes et le reste.

Lilu fait jouer la molette de son briquet.

– Justement, elle dit. Les principes n'ont jamais eu autant de sens. Nous n'avons ni à perdre, ni à gagner. Alors autant cesser de faire semblant.

Plus tard, vous fumez. Assis au bord du vide. Tu n'as pas l'habitude de tenir la cigarette entre tes doigts courbés. C'est comme si le geste te faisait devenir un autre. La fumée stagne dans ta bouche, tu la recraches. Tu deviens la petite frappe que rien n'effraie, l'enquêteur ombrageux aux intuitions géniales, l'aventurier en quête d'une terre vierge à conquérir, l'amant qui fume après l'amour.

– Lazare, on doit leur dire, elle revient à la charge.

Le paysage désolé n'est pas loin de ressembler à ton monde intérieur. Tu aspires une longue bouffée.

– On pourrait descendre en rappel sur la nacelle pour écrire un message. Il y a une corde, dans l'armoire du troisième niveau.

Lilu aime quand tu prends les devants.

– Reste à trouver ce qu'on écrit… Et comment.

– Quelque chose de simple, tu dis.

– Je sais, elle dit. Un D, comme pour les tremblements.

Lors des séismes, récurrents ces dernières années, les corps abandonnés dans les décombres sont identifiés par cette lettre, taguée à proximité.

Lilu rallume son mégot éteint, tire une bouffée.

– D pour Dead, tu dis. On va écrire avec la cendre. On va trouver un truc à faire brûler…

– On n'a qu'à cramer les poils du balai… J'ai jamais aimé ce genre d'ustensile.

Quand la lettre est tracée à la suie sur la carlingue, non sans frayeur au moment de suspendre Lilu dans le vide, vous observez les réactions de ceux d'en face. Javier est plié en deux. Ses codétenus le réconfortent. Il reste un moment accroupi au bord du vide, ensuite. Vlad semble veiller sur lui. Une péniche apparaît au loin. Tu ne dis rien. Elle remonte le courant, en direction du champ éolien. Petit morceau de sucre sur l'océan café. La clarté permet d'en discerner la couleur. Noir de la coque, rouge du pont supérieur. Elle est le présage flou du métaplasme de votre *survie*. Tu t'amuses mentalement avec les anagrammes du mot *survie*, en dénombre deux, potentiellement antagonistes, *suivre* et *viseur*. Sauter pour rejoindre l'équipage, ou leur tirer dessus à coup de fusil pour calmer la colère.

* * *

L'olivier prend racine dans une langue rocheuse, eczémateuse et dentelée. Difficile d'en cerner le contour sans l'arpenter. On cueille des olives. On s'en gave. Les oiseaux peu craintifs nous observent d'un œil. Le type en pyjama ne lâche pas son fer, aussi, lui en fiche un coup sur le crâne à la dérobée demeure inconcevable. Il faudra attendre qu'il s'isole pour soulager sa vessie. Un homme qui pisse est toujours vulnérable.

– Va chercher du petit bois, il m'ordonne. On va faire du feu.

– Où voulez-vous qu'on trouve du bois sec ?

– J'en sais rien, tu te débrouilles. Je surveille la barque.

– Je vais avec lui, dit Dalila.

– Sûrement pas, toi tu restes ici. C'est trop dangereux.

L'homme empoigne ma camarade, l'entraîne près du rivage en chancelant sous l'effet de l'alcool. Il la fait asseoir contre une pierre qui forme un dossier perpendiculaire à l'assise du sol. Il prend les revues dans la barque, et s'installe pour les compulser nonchalamment.

– Qu'est ce que t'attends, le rouquin ?

Il ramasse le club, qu'il brandit.

– T'en veux un coup sur le nez ?

– Je pars pas sans elle.

L'homme se relève péniblement, s'avance vers moi en titubant. Il me prend par l'épaule, colle son visage au mien. Il pue l'alcool et la sueur rance.

– Tu fais ce que je dis, et il ne lui arrivera rien, compris ?

Comment tenir tête à ce genre d'individu.

– Tu as ma parole, il ajoute.

Je m'exécute, la besace à l'épaule et la mort dans l'âme, en me jurant de faire souffrir ce type dès que l'occasion se présentera.

La pointe s'élargit à mesure que la pente s'accentue. Je dois escalader et progresser entre des hérissons de schiste scintillant. Bientôt, la paroi masque la moitié du paysage. La vue dégagée offre une étendue d'eau infinie. Les notes blanches du ciel s'y reflètent. Ce décor vertigineux me fait vaciller, et m'écrouler le cul dans un bosquet. J'essaye d'en arracher des branches, mais les tiges trop vertes glissent entre mes doigts. J'évolue dans le silence ouaté de la nuit. La roche, même sous cet éclairage blafard, n'a pas la teinte sanguine du Mont d'Airain.

Dans une vieille couverture, j'avais emmitouflé la pierre qu'était devenue ma mère. Je la caressais après les cahots, pour la réconforter. La serrais sur mon estomac, où le sang pulse au rythme de mon coeur. Nous avions marché toute la matinée, avant de faire escale près d'un calvaire. Sous le regard triste du Christ, nous avions déballé le papier aluminium de nos sandwichs. Arrivés au sommet de la montagne de cuivre, il avait fallu trouver un endroit pour maman. Une belle vue, pas trop de vent. Je l'avais laissée sous un petit dolmen. Sur un tapis d'herbes vertes, au milieu des fleurs jaunes et violettes. Si près du soleil. Puis j'étais redescendu, sur les épaules de mon père.

– Papa, je dis d'une voix timide.

Je ravale un sanglot, et d'une traction, hisse mon corps au niveau supérieur.

– Papa, je répète un peu plus fort.

Mon père m'entend, j'en suis certain.

– Je vais bien. T'inquiète pas pour moi…

Je me sens bête. Les autres pourraient m'entendre. *Lit de paille / Cœur d'angora / Nul besoin de ripailles / Nul besoin d'apparat / Veille sur ceux qui veillent / Rassure les âmes pures.*

J'accélère le pas, Dalila est seule avec l'énergumène en pyjama. Je grimpe sans prudence. Des pierres dévalent la rocaille pour tomber dans le bouillon, en contrebas. Dans l'angle que forme le tronc torsadé d'un conifère avec la falaise, je repère une couronne de branches. J'allonge mon corps, trouve les meilleures prises, glisse mes doigts dans les fissures. J'éprouve la stabilité de ma posture, puis tends un bras vers le nid. Quand je le ramène contre ma poitrine, j'y découvre trois œufs de la taille de ceux d'une caille.

La fierté et l'empressement, le soin que je porte au butin, me compliquent la tâche. Le parcours inverse est plus rapide. Pareil au cheval sentant l'écurie, je cours presque sur la fin. Je tiens le nid à bout de bras comme un gâteau d'anniversaire.

– Dalila, je crie. J'ai trouvé quelque chose.

Je me retourne pour vérifier que je suis du bon côté de la falaise. L'olivier n'a pas bougé. Je me précipite vers la rive, constate avec effroi les marques dans le sol.

– Dalila ?

Ils ont dû s'isoler non loin, tirer la barque, la retourner sur une grosse pierre pour en faire un abri. Sur l'autre versant, coupé du vent et des hallebardes, dans l'ombre de la montagne.

* * *

Lilu a chargé Attila, placé la crosse contre son épaule droite. La péniche remonte le courant. Lilu fait feu. Vers l'infini de l'univers. Le bruit fait s'envoler une nuée de corbeaux, stationnés sur les pales d'une éolienne. Un instant après, il ne reste de la détonation qu'un sifflement ténu au fond de tes tympans. L'équipage s'est rassemblé sur le pont.

– Ils nous voient pas, elle dit.

Elle tire de nouveau. Les hommes s'activent à bord, scrutent les nues.

– On est sauvé, elle dit en t'enlaçant chaleureusement.

Voilà qui t'embarrasse autant que si on te collait un nourrisson dans les bras. Malgré l'humidité, les fumées toxiques qui polluent l'atmosphère, l'âcreté de la poudre, tu discernes le parfum léger de sa peau. Tu n'as pas senti l'odeur corporelle d'une femme depuis des lustres. Tu avais oublié comme la nature provoque des choses contre lesquelles on ne peut pas lutter.

Depuis la nacelle d'en face, la silhouette de Javier se détache du toit terrasse, fend l'air de longues secondes. Il disparaît sous la surface, émerge un peu plus loin, déporté par le courant. La péniche progresse dans l'indifférence. Lilu hurle en désignant du doigt la chevelure à peine visible dans les remous.

– Là, elle dit. Ils font exprès ou quoi ! Dans l'eau !

Le cousin se débat au milieu du bois mort, dans la mélasse épaisse. Lilu refuse de croire au désintérêt de l'équipage, continue d'effectuer de grands gestes à leur attention.

Une balle siffle en frôlant la station météo. La déflagration vous arrive au moment où vous réalisez le danger. Vous vous repliez à l'intérieur. Une explosion fait trembler la cabine.

L'odeur de brûlé flotte encore dans l'habitacle. Malgré la distance, la balle a traversé la cloison en matériau composite, pour s'encastrer dans l'armoire haute-tension, y laissant un cratère de la taille du pouce. Tu n'es pas remonté à l'air libre depuis l'altercation. Partis à sept, vous accusez déjà deux pertes. Tout porte à croire que l'homme est bien cet animal sauvage que tu as toujours abhorré.

Lilu parcourt les étages inférieurs, en quête d'intimité. La fusillade, le décès des deux frères, l'affectent plus qu'elle ne le montre. Tu approches la boîte de champignons de ta bouche, bois une gorgée. Ton estomac est douloureux. Tu rêves de tisane. De l'herbe apaisante du jardin, que tu prenais en infusion le soir. Tu pioches dans les illustrations du *kamishibaï*. Celle qui retient ton attention montre le garçon conquérant, debout sur un obus démesuré, échoué dans une crique. Le ciel est vide, des poissons aux ventres blancs flottent sur le dos. Le sursaut provoqué par le coup de fusil t'a fait te contracter. Depuis, tes muscles sont douloureux comme après une journée d'usine.

Tu descends d'un niveau, jettes un œil par l'ouverture, en tenant le montant central de l'échelle. L'éclairage ne fonctionne plus, il ne subsiste qu'un peu de clarté lunaire issue de la partie vitrée de la nacelle. Tu ne peux t'empêcher d'assouvir ta curiosité. Sans faire de bruit, tu visites le mât. Au troisième étage, tu te postes dans l'ombre. Lilu est juste au-dessous, tu entends ses bruits de souris. À plat ventre, tu rampes. Oses un œil par la trémie. Malgré l'obscurité, tu la devines, le pantalon aux chevilles, le derrière nu au-dessus de l'eau. Elle pisse, le visage dans ses mains. À la vue de la femme-papier accroupie, des sensations contradictoires se bousculent. Tu tentes de refréner ce mélange abject de honte, de compassion et d'excitation.

– Dégage, elle crie. Sale pervers.

* * *

Je viens de perdre ma seule amie. Celle qui m'obligeait à me faire confiance. Qui me donnait raison d'affronter le désordre ambiant. Assis sous l'olivier, sur un tapis de chiures blanches et de noyaux, je cherche une explication. Il ne me reste que ma besace, le nid, la nuit. J'enlève mes chaussures, remue mes orteils humides. En ouvrant mon sac, une profonde gratitude m'envahit. Dalila y a fourré quatre cierges et la boîte d'allumettes. Outre mon livre et mes fournitures d'écolier, je dispose de deux lignes de pêche, de mon canif, de mon sifflet, d'une boîte en fer contenant des appâts secs et durcis.

Je déroule mes cordelles de braconnier, que j'installe de part et d'autre de l'éperon. Vide la boîte de pastilles, la remplis d'eau filtrée avec la toile de mon pantalon. J'allume un feu, avec les pages de mes cahiers et les branchettes du nid. Puis fais bouillir l'eau, pour cuire les œufs. Les flammes attirent un insecte tigré. Je le chasse d'une main gantée par ma manche. Le moustique est le plus meurtrier des prédateurs, il faut s'en méfier comme la peste. D'ailleurs il *est* la peste. La malaria, la fièvre de la vallée du Rift, ou le Zika. Toutes les horreurs mortelles contenues dans une goutte de sang. Les virus oubliés, libérés par la fonte des pôles. Peste bubonique ou grippe espagnole.

L'effet procuré par les œufs durs au goût aigre est mitigé. La faim, en s'endormant, réveille la soif. J'entame un processus de désalinisation improvisé, en plaçant le couvercle au-dessus de l'eau qui bout. Ainsi, pour m'hydrater, je lape avidement la vapeur déposée sur la paroi bombée. C'est fastidieux et ça ne désaltère pas vraiment. Auprès des dernières braises, je sèche mes pieds, ouvre mon livre gondolé. *Le soluté bien inspiré ne connaîtra ni frontières ni belligérants. La peau ne fera pas la race, ni la naissance l'identité. Les acquêts se limiteront au devoir tacite de servir aveuglément l'intérêt du commun selon sa propre volonté et sa capacité.*

Je renfile mes chaussures, relève mes lignes intactes et les relance. Je cueille des olives sous l'œil éteint des volatiles. Regarde mourir le brasier, faute de combustible, et prépare mentalement la levée du camp.

Je veux fuir la montée des eaux, disposer d'une vue dégagée. Avec un morceau de bois calciné, je laisse une trace de mon passage sur un rocher. ICI JOUR II. J'admire mon graffiti, perplexe, puis l'efface du plat de la main. ICI NUIT II, j'écris juste à côté en lettre de charbon.

Au moment du départ, je vérifie mes pièges. Le nylon est tendu, l'hameçon a dû accrocher une racine, ou une branche sous-marine. Je remonte la cordelle, qu'une force entraîne tous azimuts. J'estime le poids, l'espèce, en analysant chaque mouvement, les brusques changements de direction. J'épuise ma proie, réduis progressivement sa liberté en jouant sur la tension du lien qui nous sépare. Quand la tête paraît, un frisson innerve ma nuque.

Une fois sortie de l'eau, je laisse l'anguille s'agiter en tenant la ligne à bout de bras. Sa fin sera longue, je le sais. Même sèche, il arrive que l'anguille renaisse comme par miracle une fois plongée dans l'eau. Quant à l'étrangler de mes mains, il faudrait pouvoir l'attraper. Sa peau lisse est recouverte d'un mucus gélatineux qui la rend moins saisissable qu'un bout de savon. J'enroule le fil de pêche à une branche d'olivier, et laisse l'anguille danser à mi-hauteur, l'hameçon toujours fiché au fond de sa gueule. Elle finira par rendre les armes, et je n'aurai plus qu'à la faire griller.

Cet imprévu me fait revoir mes plans. Mon sac en oreiller, le corps rassemblé en pelote de chair, je m'endors près de mon poisson.

Au réveil, mes membres sont courbaturés. Mes lèvres gercées par la soif. Je m'éloigne pour soulager chichement mes intestins, et se faisant, j'observe l'olivier. Sous la branche, le nylon soutient toujours le poisson, dont il ne reste que la tête.

* * *

Lilu a traîné son matelas à travers la salle des machines, l'a laissé tomber en dessous. Elle a déménagé les conserves, ses habits de rechange, le théâtre de noyer au niveau inférieur. Il ne te reste qu'Attila, et les sérigraphies orange et bleues. Elle te pardonnera, les signes ne trompent pas. Il lui aurait été si simple de te priver de la maigre distraction que procurent les cartons du *kamishibaï*.

Tu détailles les illustrations, la texture des zones colorées. Il s'agit de gravures sur bois, en bichromie sur vélin à lourd grammage, recouvertes d'une couche de vernis protecteur. Tu devines le travail du ciseau, la découpe patiente de chaque forme sur la planche, l'effet de matière dans l'océan, produit par les aspérités au moment de l'imposition des couleurs. Tu ne peux t'empêcher de reconnaître ton fils dans ce garçon à la toison de feu. L'humanité, s'il en subsiste un échantillon, doit conserver trace de ce témoignage. Tu arraches des fiches plastifiées, à l'intérieur de la porte métallique d'une armoire électrique, plies en deux les illustrations, les glisses dans cet étui de fortune.

Un martèlement binaire remonte le mât. Une transse inspirée des musiques tribales, composée à l'ordinateur par un autodidacte incapable de sortir la moindre note d'un instrument traditionnel. Une soupe aux antipodes de tes œuvres favorites. À cent lieues du génie créateur de Dvořák, Mahler, ou Rachmaninov. Le résultat a beau être rudimentaire et révoltant, entendre cet ersatz de mélopée te procure un ravissement sans borne.

* * *

Abandonnant ma dernière ligne, je fuis le cap à l'olivier. J'escalade à la lueur de la lune. Mes yeux n'en finissent pas de tracer des sillons sur mes joues. Les forces me lâchent. Les épreuves endurées finissent par m'écœurer. À mesure que je grimpe, la conscience du danger se fait plus nette. Un court instant je m'imagine blessé au sol, fracture, saignement, douleur intense, attente interminable du dernier souffle. Je me stabilise, haletant, ose un regard timide vers la mer d'huile.

– Papa, j'appelle.

Je n'aurais pas dû laisser Dalila aux griffes de ce tordu. Pas dû partir sans secourir Ahmed. Pas dû laisser Timirbaran parlementer avec ces bûcherons sanguinaires.

– Papa…

Les muscles de mes jambes s'assouplissent. Mes bras s'allongent vers les prises les moins accessibles.

Au sommet, je découvre un plateau aussi spacieux qu'un toit d'immeuble, trente mètres au-dessus du niveau de la mer. À l'opposé, une maigre bande de terre laisse présager une issue. Des galets de différentes tailles ont été disposés les uns sur les autres, en pyramide ou en sablier. Je m'accroupis pour contempler la sculpture éphémère, pousse un caillou du bout du doigt et tout s'écroule.

Dans la pénombre argentée, les cavités du décor minéral révèlent un savant jeu de formes. Les flaques disséminées sont si sales et peu profondes qu'elles me coupent la soif. Je m'assieds face à l'immensité. *L'homme connut l'avènement fulgurant de la donnée sacrée. Il érigea d'immenses et brûlants totems à sa gloire, qu'il immergea dans les profondeurs abyssales des pôles pour amoindrir le coût de leur refroidissement. À l'intérieur de ces cités de silicium englouties, d'infinies successions de zéros et de uns retraçaient l'existence des êtres connectés. Les totems abritaient des photos de naissance aux contrats d'assurances, du menu des repas cuisinés les soirs de solitude aux reliquats vidéo des premières bavures éthyliques, des fiches de paie aux échanges les plus informels, des traces des tromperies les plus veules aux splendeurs dialectiques des premiers émois amoureux, des autoportraits au sourire figé aux agendas aussi remplis que périmés. Des milliards de milliards de données parfaitement inutiles pour l'absolue majorité d'entre elles.*

Le froid remonte par les jambières de mon pantalon. Je claque brièvement des dents en redressant ma colonne vertébrale. *Data Deus anéantit l'hiver. Bientôt sa silhouette omnisciente, quand il la déploiera de tout son long, masquera l'astre du jour.*

Mes radars détectent une présence. Une respiration qui n'est pas la mienne. Je ferme les yeux pour affiner la sensibilité de mon ouïe, referme l'ouvrage en tremblant. Je saisis un galet. Le souffle se rapproche, des bruits mouillés s'y mêlent. J'effectue mentalement le mouvement de me retourner en me relevant pour affronter l'ennemi, avant de le réaliser à la perfection. La pierre tombe de ma main alors que je recule machinalement vers le précipice. Face à moi, débarqués des terres émergées, se tient une meute de chiens sauvages. Une vingtaine de têtes borgnes et pouilleuses. Autant de langues pendantes, d'estomacs aiguisés par la faim.

* * *

Tu brandis Attila. Vides le chargeur dans les étoiles, pour te manifester. Recharges. Tires deux coups supplémentaires, jettes l'arme dans le vide.

Tu as protégé les gravures du *kamishibaï* avec un sac plastique noué au passant de ton pantalon. Le boum-boum se précise à mesure que s'approche le yacht. Sur le pont de l'édifice, une petite foule s'agite au son tonitruant des haut-parleurs. Des stroboscopes saccadent les chorégraphies frénétiques.

Le front haut, tu attends le moment. Tu es si peu de chose, un insecte au sommet d'un moulin à vent. Un détail au regard de l'humanité en pagaille. À cet instant, il ne reste pas grand-chose de ton passage sur terre. Tu as connu l'amour d'une femme. Tu as aimé en retour, de façon inconditionnelle. Donné vie à un être bon, comme on allume un feu. Contribué, dans un lointain passé, à l'impression et à la diffusion de milliers de livres. Rendant audible une diversité de voix, d'expressions, de sensibilités, de visions.

Tu distingues mieux la musique à présent. Le *beat* intra-utérin. Les sons organiques et aqueux de la basse, le deux-tons entêtant des claves. Un morceau conçu pour annihiler toute forme de réflexion. Exactement ce dont tu as besoin. Au moment de l'impulsion, l'imprévu t'arrête net.

– Lazare, non !

Lilu te rejoint sur le toit, avec une torche en feu. Un vieux pull-over, badigeonné de graisse, au bout du manche à balai. À son pied, elle a noué une corde, qui court jusqu'au vasistas.

– Tiens, elle dit en tendant le flambeau.

Elle tire la corde, attrape le théâtre de bois qu'elle cale sous son bras droit.

La revoir te ravit, mais tu te gardes bien de manifester ta satisfaction. Le pardon reste à gagner. Dans ta main libre, tu sens la sienne. Serrée. Regard cobalt. Le dernier. Sans mot dire, vous prenez la même impulsion.

Tu visualises la scène en spectateur. Vos deux silhouettes semblables aux figurines des gâteaux de mariage. La flamme tenue à bout de bras. Les éoliennes à demi immergées, l'étendue infinie autour. Le projecteur lunaire, les reflets coruscants sur les rides de l'eau, la disgrâce des noyés surgis au détour d'un remous. Le yacht blanc avoisine la zone de votre amerrissage. Vos pieds quittent la coque rassurante de la nacelle. Dans le vide, la nuit, l'inconnu, vous sautez.

## LE TROISIÈME JOUR

*[Dieu dit : Que la terre produise de la verdure, de l'herbe portant de la semence, des arbres donnant des fruits selon leur espèce. Et cela fut ainsi. Dieu vit que cela était bon. Il y eut un soir, il y eut un matin, ce fut le troisième jour].*

Mes talons bordent la falaise. J'oppose à la meute de chiens mon air le plus sévère. Dès que l'un d'entre eux bouge la patte, je le fixe, réprobateur. Sans les quitter des yeux, je fouille le fond de mon sac. Je présente le sifflet, comme un camelot en démonstration sur un marché, le pince entre mes lèvres. Quand les ultrasons leur parviennent, les animaux changent d'attitude. Passent d'une franche hostilité à une sorte de respect mâtiné de méfiance.

J'augmente le débit de l'air sans à-coups. Des bêtes s'assoient, en queue de peloton. D'autres se détournent, laissant le radar de leur truffe zigzaguer au-dessus du sol. L'un des chiens n'a que deux pattes, il doit se coucher comme un vélo chaque fois qu'il stoppe sa course.

Je m'écarte du bord sans laisser voir ma peur. Je traverse la meute en frôlant les pelages, sens le chaud et le mouillé des langues sur ma peau. J'emprunte le chemin creux. Une fois quitté le promontoire rocheux, la vue s'ouvre à d'autres territoires.

Une veine de terre battue serpente au hasard des excavations naturelles du paysage. Des rhododendrons malades perdent leurs pétales, se couchent sur la prairie noircie d'humidité. Je progresse dans une pâte meuble, agglutinée de végétaux pourrissants et de terre engorgée. J'ai rangé mon sifflet, les chiens se sont détournés. Je passe la langue sur mes commissures craquelées par la soif, crache les résidus blancs qui s'y forment. *Rassure les âmes pures / Et borde ceux qui dorment.*

Je marche un siècle, glissant parfois sur un genévrier rongé de champignons fuligineux, trébuchant dans un trou aux abords d'un rocher ravissant la lumière. Je ne vois plus la mer, pourtant proche. Le relief alentour découpe l'horizon dans le ciel. Silhouettes noires sur le bleu de la nuit. En suivant de près le détail des constellations, j'assiste à l'extinction d'une étoile. Le Lion perd sa queue. Plus tard, en chemin, la casserole de la Grande Ourse laisse fuir le lait. Autour de moi, la pâture s'étend en pente douce jusqu'au rivage. Une voie carrossable venue des eaux disparaît au lointain, dans l'ombre portée d'un pic en oreilles de chat. Le décor semble moins menaçant.

Je me frictionne pour tonifier mes muscles quand un gémissement me fait sursauter. Une bête efflanquée, au pelage clairsemé, m'a suivi. Un chien galeux aux grandes esgourdes ciselées comme des feuilles de chêne. L'usage de mon sifflet s'impose. Je me ravise pourtant quand les vertèbres du chien se déroulent contre ma cuisse. Je tends ma main frêle, touche son crâne osseux et pelé. Il semble en éprouver du réconfort.

– Qu'est-ce que tu fais là ? je demande doucement.

Le chien pousse un grognement plaintif.

– Tu veux m'accompagner ?

Il faut douter de tout, je le sais. L'homme est capable de tendre ce genre de piège, attendrir pour mieux cogner ensuite. Le chien peut-être pas. J'observe les alentours.

– Ils sont passés où tes copains ? Ils t'ont abandonné ?

Le chien penche la gueule.

– T'es tout seul, c'est ça ?

Son pelage blond, taché de noir, laisse voir ses côtes. Ses grandes oreilles, son museau court, le font ressembler à une hyène.

Sans me retourner, je devine la présence du chien, deux ou trois mètres derrière moi. Son comportement ne laisse pas transparaître d'agressivité, je me souviens pourtant avoir vu ceux de sa race dépecer des carcasses humaines en un rien de temps.

– Je vais pas te manger.

Le chien rapplique en trottinant. Nous cheminons entre les bosses. Le terre-plein central est une bouillie visqueuse d'herbes et de fleurs passées. Je plonge la main dans ce qui fut un taillis de bruyère, la ressors maculée d'une matière butyreuse verdâtre. Les doigts sous le nez, je hume l'odeur répugnante de poisson mort et de bouquet de fleur oublié. D'autres pierres empilées jalonnent le chemin. Au détour d'un virage, la portée de ma vue s'allonge. Un véhicule tout terrain, un vieux thermique GMC, stationne dans la montée. À portée de voix. Tous feux éteints. Le métal peint du toit reflète les derniers astres encore éveillés.

* * *

Tu sens la pression de l'air déformer ta figure. Main dans la main, vous partagez le moment hors du temps de la chute. Dans un instant de lucidité, tu réalises que vous avez toutes les chances d'y passer. Là. Sans adieux ni baiser.

Le vent siffle dans ton crâne, tu n'entends rien qu'un brouillard sonore au milieu duquel tambourine ton cœur, ou le *beat* oppressant de la musique électronique, qui sait. Et puis l'impact assourdit tout. Éteint la torche. La température et la dureté de l'eau te saisissent, tes muscles se raidissent. La puissance du choc te fait lâcher la main de Lilu. Te met sens dessus dessous.

Quand tu réalises que tu n'es pas mort, tu agites tes membres dans le désordre. Tu n'as jamais appris à nager. En restant en mouvement, tu sais maintenir ta tête hors de l'eau. Si tu parviens à trouver la surface. Une fois, tu avais glissé dans le fleuve en secourant un malheureux qui voulait en finir. Tu avais pigé le truc facilement. Pour l'heure, tu es tellement sonné que tu peines à dissocier le fond de la surface. L'espace d'un dixième de seconde, tu te félicites d'avoir abandonné tes bottes dans la nacelle. Tu laisses tes poumons pleins amorcer la remontée, l'accompagnes d'amples brassées. *In extremis*, ta tête émerge puis tes épaules. Tu inspires. Ta poitrine brûle. Un clapot éclabousse ton visage. Tu craches. Goût de terre dans la bouche, d'égout, de poissonnerie. Courbatures dans les muscles.

– Li…

Tu bois la tasse. Vomis de la vase. Loin d'être innés, tes mouvements nécessitent une attention de chaque instant. Tu saisis un morceau de bois, pour te stabiliser. Le point de vue a changé. Le bateau te paraît immense, inaccessible, désormais. La coque tellement lisse, aussi haute qu'un immeuble. *Ebony shine*, tu lis au-dessus d'une rangée de hublots rectangulaires aux coins rognés.

– Lilu ! tu gueules.

L'étrave, à mesure qu'elle fend la surface, déclenche des séries de vaguelettes qui te ballottent sans fin. La fatigue te gagne déjà, les minutes sont comptées. Tu ne vois rien de ce qui t'entoure. Que les creux et les bosses. De l'ombre et des reflets de lune. Tu dois t'éloigner de l'embarcation pour te rendre visible. Dans un ciseau asynchrone, tes jambes te font dériver tant bien que mal.

Tu appelles à l'aide en cramponnant ton bout de bois. Toujours alerte, scrutant la houle à l'affût d'un signe de vie. La musique continue sur le même tempo. Des lasers zèbrent le ciel de cicatrices mauves. L'envie de mourir t'a complètement abandonné. Tu veux vivre. Une force inconnue t'y contraint.

– Lilu !

Tu dois monter à bord de ce bateau de luxe, revoir Lilu, implorer son pardon. Tu veux sentir encore la présence de ceux de ta race. À force de côtoyer la mort, tu finis par ne plus la trouver si désirable. Tu réalises que tu t'agrippes au théâtre de bois.

* * *

Le chien jappe en tournant sur lui-même.

– Tais-toi. Tu vas nous faire prendre.

Rien ne se produit. Le tout-terrain doit être abandonné. Je fâche l'animal sans y croire, ne peux retenir une caresse.

– Comment on va t'appeler ?

Il ne comprend rien, mais peu importe, c'est une chance d'avoir à qui parler. Il me lèche le visage et son odeur me contraint à m'écarter en surjouant l'écœurement.

– On n'a qu'à dire que… Que tu serais mon père, je dis en trouvant aussitôt ma remarque étrange.

Je baisse les yeux de peur d'affronter son regard.

– Viens… On va voir de plus près.

Le chien sauvage suit docilement, alors que nous avançons vers le véhicule hors-la-loi. Un gros diesel, de couleur crème, piqué par la rouille. De l'eau de pluie stagne dans un creux du capot. Le logo GMC ne brille plus. Je colle mon nez contre la vitre arrière, personne ne dort à l'intérieur. Je fais le tour, tire la poignée côté conducteur, qui n'est pas verrouillée. Un léger fumet de tabac froid s'échappe par l'ouverture. Le plafonnier s'allume. Je grimpe sur le siège usé, dont la bourre dégueule. La clef est encore sur le contact. Au premier quart de tour, la radio s'allume et une voix robotique commence d'ânonner un message préenregistré.

– *... points culminants de certains massifs montagneux. Vous pouvez utiliser le canal 16 pour communiquer par radio avec d'éventuels rescapés. Si vous détenez des informations, ou pour signaler votre présence, utilisez sans attendre la fréquence 156,8 MHz pour diffuser votre message. Vous pouvez y accéder avec votre téléphone, s'il est équipé. Les zones de sûreté sont situées en altitude, aux points culminants de certains massifs montagneux. Vous pouvez utiliser le canal 16...*

Le véhicule dispose d'un lecteur cassette antédiluvien aux potentiomètres englués dans la crasse. Je tourne le bouton pour parcourir les stations, mais toutes celles qui émettent encore diffusent le même message.

– *... si vous détenez des informations, ou pour signaler votre présence...*

– Monte, je dis en m'écartant du volant.

Le chien saute sur mes genoux, se faufile à l'arrière de l'habitacle. Je referme la portière et force la veilleuse en poussant le bouton au-dessus du rétroviseur central.

– On n'est pas seuls, je dis. J'en étais sûr. Il y a des survivants. Des gens qui nous veulent aucun mal…

J'ouvre la boîte à gants, sonde l'intérieur du bout des doigts. De la paperasse, une boîte d'ampoules de rechange, un sachet de *Fisherman's friend* que je fourre dans ma poche. Dans le rangement de la portière, je trouve une gourde à moitié pleine.

– De l'eau, je dis. De l'eau !

J'écoute le liquide caresser les parois d'acier, mousser quand je l'agite. Puis dévisse le bouchon en savourant l'instant. Je renifle le contenu. Aucune odeur suspecte. Jamais je n'aurais cru ressentir une telle joie à la simple vue d'un peu d'eau potable. Je lèche mes lèvres gercées, pour me préparer. *Veille sur ceux qui veillent,* je me récite. *Rassure les âmes pures.* Je bois une gorgée, laisse ma tête retomber en arrière, sous l'appui-tête. Le chien a passé la gueule entre les sièges avant, il halète en tirant sa vilaine langue. Sa bave fait des fils transparents sur les accoudoirs, des taches plus foncées sur le tissu beige.

– T'as soif ?

Le chien hoche le museau, comme s'il répondait par l'affirmative. Je secoue le contenu de la gourde. Son haleine empeste la charogne. Je verse un peu de liquide dans le creux de ma main. Il me lape la paume avec avidité, fiche son regard luisant dans celui du maître que je deviens.

– Encore ?

Je bois une gorgée, savoure la sensation de l'eau contre la pulpe de mes joues avant d'avaler. J'en sers une rasade à mon compagnon. Le manège se poursuit jusqu'à ce que la gourde soit vide. Je la range dans mon sac, entreprends d'explorer le reste du véhicule.

Je trouve une longue pelisse de vendangeur ainsi qu'un jerrican rouge rempli de gasoil. J'étends le siège en position couchette, et somnole un moment. Le chien lové sur la banquette arrière. La petite lueur du plafonnier diffusant son halo jaunâtre.

Le confort du siège me ramène au salon du cabanon près du fleuve. La musique de Satie qu'on faisait jouer sur le tourne-disque, la vieille banquette de la Volvo transformée en canapé, la chaleur douce du poêle à bois et les grattements de mine quand mon père griffonnait sur ses carnets. L'odeur des perches, cuisinées en friture dans l'huile et la farine. Le grincement des tôles dans le vent. Le bruit lointain des cloches qui rythmait la journée, et la rumeur des véhicules qui défilaient là-haut, sur le pont suspendu.

Quand j'ouvre les yeux, le présent est toujours présent. Le réel plus violent qu'un coup de couteau. Il fait noir, le chien ronfle. J'ai faim. Je n'ose démarrer la voiture, me sachant incapable de m'en servir si ce n'est pour aggraver encore la situation. Je pourrais utiliser le klaxon, mais crains d'ameuter les nuisibles. Dans la poussière, avec mon doigt, j'écris ICI NUIT III.

Je m'enfonce dans la mollesse de l'endormissement en regardant un papier à demi collé au pare-brise, que le vent fait flotter comme un drapeau. Je fais le point sur la devise. Un billet de banque. Un gros, avec un pont imprimé dessus. Bientôt, le vent crache une nuée de petites coupures. J'éteins la veilleuse, pose la main sur mon torse.

– Tu te tais, je dis au chien. Promis ?

Je rassemble mes effets, abandonne là mes fournitures scolaires, conserve seulement la fiole d'encre de chine. J'emporte le jerrican, qu'un tendeur maintenait contre le haillon, passe le ciré de vendangeur et sors avec le chien. Alors que l'argent danse autour de nous comme des feuilles mortes dans les sorcières.

* * *

Une bouée blanche, floquée *Ebony shine* en lettres argentées, jaillit de nulle part. Tu la saisis, y passes le haut du corps. Attaches la corde du *kamishibaï* à ton poignet. Tu te laisses chahuter par les flots, engourdir par l'océan visqueux. Absent, tu subis ton sauvetage avec la sensation d'avoir les nerfs optiques montés à l'envers. Tu distingues le ciel, les étoiles clairsemées, tout en bas. Les pieds autour de toi, qui marchent comme au plafond. Des voix distordues lancent des ordres flous.

– Laissez-le respirer…

Tu veux parler, demander des nouvelles de Lilu, mais ta langue, tes lèvres, tes cordes vocales ne répondent plus.

– De l'air !

Des pieds noirs, aux ongles peints en or, t'obnubilent. Ils vont et viennent autour de ta dépouille.

Tes oreilles se débouchent d'un coup et la musique prend toute la place. Une douleur aiguë te hérisse les tympans. Le goût de vase agace tes papilles. Des hourras avinés encouragent l'arrivée d'un nouveau morceau. Le sol tressaute sous les coups de boutoir des noceurs. Tu vois le diable. Un diablotin rigolard, un trident à la main, en surpiqûre de tissu rouge sur le fronton d'une casquette noire.

– T'as eu chaud mon pote.

Son haleine pue l'alcool et le vomi sec. Des relents de transpiration chimique lui collent à la peau. Tu craches du sable. Tout semble en place. Le monde s'est remis dans le bon sens. Façon de parler, car il fait nuit et tu navigues en plein milieu des champs.

– Noé, dit l'homme à la casquette pour se présenter. C'est pas mon vrai nom, hein… Bienvenue à bord.

Il a un genou posé au sol, une salopette en jeans tâchée de cambouis. Un M16 à moitié rouillé, en carquois dans le dos.

– Sur la croisière des déshérités, il ajoute non sans ironie.

Tu plaques le menton sur ta poitrine, jette un œil à la piste. Femmes et hommes se trémoussent comme en boîte de nuit. Ils sont sales, avachis, fatigués. Certains portent autour du crâne un bandage noirci de sang. D'autres ont perdu un membre, tiennent debout grâce à de vieilles béquilles rafistolées. Ils dansent comme si leur vie en dépendait. Chacun à sa manière plus ou moins discrète, savante ou ridicule. Ils lèvent les bras, les croisent, tortillent des hanches en ployant les genoux. Ils se frottent, se caressent, s'embrassent à pleine bouche.

Tu t'appuies au parapet, te redresses dans un effort surhumain. Tu rassembles tes biens. Le théâtre de bois, le sachet contenant les gravures. Noé propose à boire. Tu remercies d'un signe de tête. Il entrechoque sa bouteille contre la tienne.

– À la tienne ! Santé, bonheur… *Nature au cœur.*

Il repart en poussant un hurlement strident. Son enveloppe massive s'affaire sur la piste. Il frôle une grande femme sèche en collants résille, lui empoigne une fesse. Son fusil mitrailleur se balance lourdement.

Tu t'envoies une première rasade prudente, respire, réitère. L'alcool te chauffe le ventre. Tu longes le plat-bord en détaillant les flots près de l'arche. Depuis la poupe, tu crois bien deviner un point noir minuscule, mais ce n'est peut-être qu'un rondin, ou l'une des nombreuses saloperies flottantes. Tu jettes une bouée reliée à un anneau par un filin. Un accessoire plus décoratif qu'autre chose. C'est elle, tu en es sûr. Le point noir tout là-bas dans l'écume. Tu cries aussi fort que possible. L'eau bouillonne à l'endroit des hélices du yacht, deux sillons s'écartent en V. Le point noir disparaît hors de portée de l'éclairage. La fête bat son plein, les convives t'ignorent passablement. Tu pleures en répétant son nom de moins en moins fort dans le vent. Lilu.

* * *

J'ai suivi mon chemin comme un petit poucet, pour me fondre parmi les aiguilles molles d'un taillis de conifères. En passant la main dans les branches courbes, je les dénude sans volonté. L'écorce même devient friable, à peine plus résistante que les remparts d'un château de sable. Le chien attend mes instructions, sur son train, langue pendante.

En contre-bas, je distingue un adulte dans un espace naturellement délimité par la clarté lunaire, comme la scène d'un théâtre. C'est un homme chauve en costume trois pièces, une mallette pleine de cailloux ouverte à ses pieds. Sa taille trop prononcée le fait ressembler à un culbuto. Il a tendu des dizaines de guirlandes de billets entre les arbres. Une araignée prise dans sa propre toile. Les pins craquent. Je caresse l'os frontal du chien, afin qu'il demeure calme. Le chauve enfile une cordelette dans un nouveau billet, qu'il fait glisser comme une perle. Il soulève une pierre, attrape une fine liasse qu'il troue avec ses dents.

Mon attention se disperse. La brise agite la dentelle de papier et les troncs décharnés. Mon œil se porte vers les cimes. Sur deux jambes raides. Un corps, accroché par le cou à une haute branche, se balance au gré des désirs de l'arbre et de l'air. *Veille sur ceux qui veillent,* je récite. *Bordent ceux qui dorment.* En dessous, l'homme costumé continue d'étendre ses richesses, indifférent au monde bouleversé, à la nuit, à la terre engloutie.

* * *

Le bâtiment est gigantesque. Deux étages, trois cents coudées de long, un pont couvert de teck, souillé de bouteilles vides et de sous-vêtements sales. Des dizaines de rescapés y vivent les dernières heures du monde dans une orgie ininterrompue. Tu visites en tétant la vodka. Croises des couples débraillés, qui se pelotent sur les banquettes.

– Vous savez si on a repêché une fille ? Une gitane… Avec des yeux clairs, des trous plein les oreilles.

Ils ne parlent pas ta langue. Ces manières de nouveaux riches occidentaux ne leur ressemblent pas, mais ils ne boudent pas leur plaisir. Un Russe en érection marche en canard, il s'approche et frotte sa queue contre ta cuisse. Tu le repousses gentiment, lui offres ta bouteille, rejoins le bar en sondant un à un les passagers.

– Qu'est-ce que tu bois ?

– Pardon ?

– Qu'est-ce que tu bois, le barman demande en forçant la voix pour couvrir la musique.

– Y'a quoi ?

– Vodka… Ou champagne, il dit. Ou vodka-champagne.

Tu opines à l'énoncé de la dernière option. Une bouteille dans chaque main, il les verse en même temps dans un gobelet en plastique végétal.

– Japhet, il dit en tendant le cocktail.

Il porte une chemise à motifs ananas ouverte sur un tee-shirt noir. Sur son plastron, tu reconnais la feuille verte et pointue. Le sigle du parti *Campagne*, de fanatiques adorateurs de mère nature, opposants farouches à la reproduction humaine. Un psoriasis lui mange une partie du visage, les marbrures crevassées lui descendent dans le cou.

– Hein ?

– Japhet.

Lui aussi trimbale une arme sur son dos. Le canon ajouré dépasse de son épaule.

– Ah ! Enchanté, tu dis. Lazare… C'est moi qu'on vient de repêcher.

Il exhibe un sac de congélation rempli de pilules.

– Pervitin ? Pour faire la fête toute la nuit.

Tu connais les effets des méthamphétamines sur les soldats et les pourvoyeurs de mort en tout genre. Après l'enquête, il a été prouvé que les terroristes responsables du massacre des manifestants du ministère de la justice étaient défoncés jusqu'à l'os au Pervitin. Ceux-là même qui ont emporté ton aimée. Tu sais aussi que sur un organisme faible, c'est l'arrêt cardiaque assuré.

– T'auras plus peur du noir, il ajoute en crachant entre ses incisives.

– J'ai pas peur du noir.

Japhet se détourne pour servir une beauté nubile dont tu reconnais les pieds d'or. Dix orteils peinturlurés qui te tournaient autour quand tu voyais trente-six chandelles.

– Tu es tombé du ciel, elle demande en saisissant sa coupe entre deux doigts.

Elle cogne sa flûte à ton gobelet, la vide d'un trait, l'envoie valser par-dessus bord. Ses yeux disent la détresse et la joie en même temps.

La négresse aux pieds d'or danse. La foule l'absorbe, la recrache, la reprend. Elle a le corps tendu, bandé comme une arbalète. Elle marche sur des morceaux de verre, laisse des traînées de sang sur le revêtement de bois exotique. Un vieil édenté la colle d'un peu trop près. Tu sirotes ta vodka-champagne, laisses le breuvage t'anesthésier.

Sans savoir comment ni pourquoi, tu danses. Ta cavalière t'entraîne, assouplit ta posture, tente de dénouer tes reins. Elle bouge bien, malgré la raideur du rythme, elle instille à ses gestes une grâce de danseuse nigériane de skelewu. Tu te contentes de faire pivoter tes pieds nus l'un après l'autre, les coudes pliés à quatre-vingt-dix degrés. Tu as toujours trouvé grotesque de remuer de la sorte. Tu te laisses pénétrer par le son, au volume tellement puissant. La basse s'insinue dans tes entrailles, tu en ressens les vibrations jusque dans la prostate. La négresse aux pieds d'or t'encourage. Donner tout. Lâcher prise. Elle sort deux comprimés de son soutien-gorge, en glisse un entre tes lèvres. Tu hésites, avales. Fermer les yeux. Tu tournes sur toi-même comme un derviche. Tu te sens vivant. La tristesse s'évapore, laisse place à une euphorie trop subite pour durer.

La sueur acide te coule dans le dos. Ruisselle sur ton front, et te brûle la rétine. Le stroboscope découpe les silhouettes enfumées, syncope les mouvements. Entre son débardeur et son corsaire, la négresse aux pieds d'or exhibe un ventre à peine renflé. Une peau de poivre satinée, un nombril encombré d'une pierre précieuse. Sans cesser de danser, tu as gagné le comptoir.

– Vodka, tu gueules.

Japhet refait le niveau. Sur sa joue, s'étalant jusqu'à l'épaule, les plaques rouges tapissées de peaux mortes lui font une carapace. Tu le sens fier et conquérant, paré à en découdre avec le nouveau monde. Son fusil en travers du dos, l'encombre et le rassure. Attire les convoitises autant que ta cavalière aux petits pieds. Tu n'as jamais apprécié l'alcool fort. Passé les premiers verres, tu réalises que le goût n'a aucune importance. Noé débarque en claudiquant. Sur sa tête, le diablotin suit le mouvement.

– Où on va ? tu demandes.

Il pince son nez entre deux doigts, aspire un rot.

– Nulle part ! On va faire durer ça tant que ça voudra, y'a tout ce qu'il faut à bord. Le parti venait juste de réquisitionner le bateau, pour la sûreté côtière. Et puis… Advienne que pourra.

Il glisse ses pouces dans la poche ventrale de sa salopette.

– La dernière danse, ajoute un nain pour se mêler à la discussion.

Il arbore un tee-shirt partisan trop grand pour lui, et un Uzi en bandoulière. Noé marque un temps de silence, avant de reprendre.

– On a vu pire comme conditions, non ? C'est de l'euthanasie de luxe…

Son allégresse sonne faux. Dans les enceintes, un sample de guitare saturée habille un rythme industriel glacial. Tu tapes du pied, oscille du bassin. Le nabot mime un solo sur son pistolet-mitrailleur. Le palace flottant continue son tapage, vogue sans espoir et sans cause. La Terre peut bien s'arrêter de tourner.

* * *

La nuit nous accompagne. Je porte le jerrican à bout de bras. Le chien se contente de soutenir sa propre carcasse. Nous gravissons des côtes, nous laissons entraîner dans les descentes. Nous foulons griffes de sorcières, ronces aux épines érodées et autres plantes rampantes ravagées par le sel et le manque de luminosité. Je ramasse un habit blanc, souillé de terre. Une longue robe que je déploie dans l'air. Un jupon de dentelle, drapé de soie ou de satin. Un bustier finement ouvragé, fleuri de roses brodées. Deux balconnets soyeux ayant abrité autant de seins délicats. Le chien aboie. Gonflée de vent, la robe s'envole vers le ravin.

Nous suivons la voie carrossable, ralentissons l'allure quand les premiers effluves d'un feu nous parviennent aux narines. Bientôt ce sont des notes que le vent porte. L'odeur et les bruits rassurants nous guident vers une basse demeure de pierre sur le parvis de laquelle crépite un grand bûcher. J'aperçois en premier la vieille dame, une sang-mêlé. Ses bras nus et son crâne rasé. Elle danse en faisant la toupie. Ses lobes pendouillent comme des luettes, sous le poids d'énormes créoles. Quand elle joint les mains au-dessus de sa tête, la peau pantelante de ses bras lui donne la silhouette d'un écureuil volant. Sur un tabouret, le visage éclairé par les flammes, un noir aux globes oculaires blanchâtres joue d'une kora bricolée avec un bidon d'huile rouillé, un manche à balai et des fils de nylon. Malgré sa calvitie, il porte des cheveux longs de rasta qui ressemblent aux pelotes de réjection des hiboux. D'une voix grave, l'aveugle chante un air triste et lancinant.

– *Creusons, creusons… Creusons le même sillon.*

La vieille dame me fait signe d'avancer, de prendre place autour du brasier. Je m'assieds sur un tronc épais, qui tient lieu de banc.

– *Si tu veux de moi, n'attends pas demain. Maintenons l'émoi, le manche à deux mains. Creusons, creusons… Creusons le même sillon.*

Le chien se couche, pose le museau entre ses pattes griffues. La chaleur, la vive lumière des flammes, la voix rauque, les arabesques de la vieille dame, participent de l'atmosphère protectrice du lieu. C'est ce regain de sérénité soudaine qui fait éclater mes sanglots. Un flot de larmes intarissables. La vieille passe la main dans ma tignasse rousse, me serre contre sa poitrine essoufflée.

– Pleure pas petit, elle dit. Pleure pas.

L'aveugle ralentit la cadence, égraine les arpèges d'une comptine. J'esquisse un sourire entre deux pleurs, en reconnaissant l'air d'*Alouette*. Le cœur de la vieille femme bat comme un tambour. En brûlant, le bois émet des claquements de pétards à jeter contre les trottoirs.

Je m'apaise peu à peu, contre la peau chaude et collante. Je crains que ma tristesse laisse place à de la rage. *Je te plumerai la tête*. La musique se tait, l'aveugle adresse un vague salut en direction de la lune.

– Bienvenue, il dit.

– C'est un enfant, précise la vieille dame. Avec son chien.

– Je sais, dit l'aveugle. Un enfant sage et un chien mangeur d'homme.

Il fait sonner son instrument.

– Ne laisse pas l'essence près du feu, il dit. Il nous reste un bout de partition à jouer.

La vieille dame empoigne le jerrican, l'emporte dans la bâtisse.

– Alors comme ça, les eaux t'ont mené jusqu'à nous ? dit l'aveugle en se déplaçant pour s'asseoir sur le tronc.

– Les eaux et le hasard.

– Tu arrives d'où comme ça ?

Je ne sais pas d'où je viens, si ce n'est de mes parents.

– Du pont suspendu, je dis juste.

L'aveugle se perd dans sa réflexion.

– Du pont, il répète doucement.

– J'ai vu des pierres empilées, sur le chemin.

– Les cairns… C'est pour éviter de se perdre.

La vieille dame apporte trois tasses en fer et une casserole cabossée, qu'elle pose dans le feu.

– Je fais infuser du thym, elle dit. Ça va nous faire du bien.

L'aveugle propulse un crachat et s'essuie la bouche avec la manche de sa vieille veste en cuir.

– Elle, c'est Rose, il dit. Et moi, Bachir, mais tu peux m'appeler Baba.

Je hoche la tête.

– On m'appelle Feu-de-bois. Et lui… Je sais pas encore.

Le chien fait un bruit de gonds rouillés.

– Il va falloir lui trouver un nom.

J'écoute le feu. Respire ses fragrances. Admire sa danse.

– Et vous… Vous êtes arrivés là comment ?

– C'est une longue histoire, dit la femme. Je te sers ?

Elle verse l'infusion dans les tasses, retire les branches de thym, les jette au feu.

– Attention, c'est chaud, elle dit en posant la casserole sous le museau du chien.

– On visitait les tribus, depuis le démantèlement des camps. Je jouais de la musique nomade, Rose chantait… On avait notre petit numéro.

Je bois en avalant beaucoup d'air pour ne pas me brûler.

– On devait rejoindre une communauté autonome, *prendre de la hauteur* comme ils disent, mais on s'est arrêté en chemin.

– Vous saviez que ça allait arriver ? je demande.

L'aveugle échappe un ricanement enroué.

– On avait entendu les histoires, comme tout le monde. La Dormeuse, le Mont d'Airain... Mais on a trouvé ce refuge, et finalement, je crois qu'on n'ira pas plus loin.

* * *

Grâce aux décibels et aux drogues, tu n'es plus qu'un pantin sans âme. Tu te cognes à une épaule rude, rebondis contre la poitrine d'une garçonne à l'air sévère. Dans la mêlée, tu cherches les pieds d'or. Tu te sens puissant, malgré tes pognes d'arthritique, tu pourrais terrasser n'importe qui. L'état d'ébriété fait remonter en toi une nature étrangère. Tu dois respirer, refréner les pulsions qui débordent, qui t'envahissent. Tu n'arrives pas à te défaire de l'odeur de violence, qui te suit comme un chien.

Le yacht tangue pour éviter un écueil. Un fildeferiste défie le vide, en équilibre sur la rambarde chromée. Des types hagards, à demi noyés dans leurs sécrétions, végètent sur les banquettes ou à même le pont. D'autres s'adonnent à d'équivoques caresses ou copulent à la vue de tous. Leurs sexes à peine dissimulés sous le velours d'une jupe. Une bouffée d'amertume t'explose à la figure. Au milieu de la foule, tu es seul comme jamais. Tu as perdu les codes, les clefs du rapport social. Coupé du monde dans ta vieille bicoque, tu te contentais de théoriser sans jamais te confronter à tes semblables. Quand Auguste venait à ta rencontre, il t'arrivait de faire le mort, de simuler l'absence du domicile pour ne pas avoir à parler. Pourtant, les rares fois où vous dissertiez, autour d'un verre ou lors d'une séance de braconnage improvisée, tu y prenais plaisir. C'est le premier pas, toujours, qui te rebutait. Qui te faisait préférer le silence, l'isolement, l'écriture et la solitude.

L'averse rend le sol glissant, tu manques de te briser les reins à maintes reprises. Tu pisses dans le vent, essayes sans succès de viser la partie ajourée du parapet. Tu te traînes comme un réprouvé, un poète maudit. Avec ton cadre dans les bras. Tu esquisses un pas de danse, au hasard d'un changement d'humeur ou de direction.

Les néons de la timonerie t'invitent à regarder à l'intérieur. Deux fauteuils de coiffeur montés sur un axe rotatif, face au cockpit en bois précieux. Derrière la vitre, le nocher crapote un cigare, joue aux échecs avec lui-même. Il te fait signe d'entrer. Malgré ton refus, il se lève, t'ouvre la porte. La lumière t'éblouit.

– Entrez, il dit. Restez pas sous la pluie.

Barbe fournie et casquette de marin, l'archétype du capitaine te salue en esquissant un garde-à-vous. Seul son cigare dénote, une pipe aurait meilleure allure.

– Stanislas, il dit pour se présenter. Je vous en offre un ?

La question pourtant simple t'oblige à d'intenses cogitations.

– Quintero Brevas, il précise pour te convaincre. Réserve personnelle du patron.

Tu te délestes du théâtre de bois, lisses les plis de ta chemise terreuse, choisis un cigare dans la boîte, le coinces entre tes lèvres inertes.

– Attendez, il dit. Il y a un protocole à respecter.

Il attrape le cigare, en coupe l'extrémité avec un ustensile qui ressemble à une guillotine miniature avant de l'allumer en le faisant fumer comme une antique locomotive.

– Voilà, il dit. À vous de jouer.

Le goût de cuir t'incommode un peu.

– Bourbon ?

Impossible de fixer ton regard plus de trois secondes sur un élément du décor.

– Je vous sers un bourbon ?

Tu hoches la tête. Les dents manquantes ajoutent des notes foncées au sourire jaunâtre du capitaine.

– On y a enfin droit, il dit en crachant une épaisse volute. On n'allait pas partir sans goûter ces merveilles, pas vrai ?

– Sûr…

– *Nature au cœur,* il dit en trinquant.

Tu t'enfiles une gorgée de liquide cuivré. Pas mauvais.

– Vous avez eu de la chance, il ajoute. J'ai vu la flamme fendre le ciel, à bâbord.

Il évoque la torche que tu tenais en main au moment du grand saut.

– Il y…

Tu rotes en t'excusant.

– Il y avait une fille avec moi, tu dis.

Stanislas fronce les sourcils, observe le liquide tournoyer dans son verre.

– Vous savez, personne ici n'a vocation à sauver le monde, bien au contraire. On passe juste du bon temps, vous comprenez. Du bon temps entre amis… Une partie ?

Il fait craquer ses articulations.

– Allez, tu dis à contrecœur.

Tu remets les pions en ligne. Le damier ondule, le fou te fait de l'œil. Tu lèves le nez vers la vitre, il pleut des cordes. Le yacht longe un récif qu'une ribambelle de brandons enlumine. Des survivants appellent à l'aide, font de grands signes désespérés. Attifée en romanichel, une jeune femme porte sur la hanche un gosse qui se mord le poing. Le capitaine presse un bouton du tableau de bord. La corne de brume résonne.

* * *

Baba roule une cigarette déstructurée, lèche le papier, et tire un bout de bois du feu pour allumer le mégot.

– *Arlequin* de l'an passé, récolte maison, extra pure, aucun intrant chimique, il dit en libérant une épaisse volute.

Il inhale quelques taffes et le tend à la femme.

– Je veux rejoindre la Dormeuse, je dis.

La vieille tousse en souriant.

– Trop chargé, demande l'aveugle.

– Non, non, parfait, juste ce qu'il faut.

– C'est loin le Mont d'Airain ?

– Au moins trois jours de marche, dit l'aveugle. Sans compter les parties inondées à traverser. Tu veux goûter ?

Je tire timidement sur le calumet. La fumée me brûle la gorge et les poumons. Je tousse, porte à nouveau le mégot à ma bouche, crapote avec une fausse assurance. La tête me tourne vite. Hormis la nausée, fumer procure une agréable sensation. Une onde chaleureuse qui irradie mon corps en partant du bas-ventre. Un peu comme allumer un feu.

– Doucement, dit la femme en me prenant délicatement la cigarette des doigts. C'est la première fois ?

Le monde tel qu'il devient, offre un terrain de choix à toutes les premières fois.

– J'irai quand même, je dis. S'il faut, je traverserai à la nage.

La femme vide sa tasse et soupire. Elle prend la main de l'aveugle.

– Tu vas rester un peu, le temps de reprendre des forces. Après… Et bien, tu feras comme tu voudras.

L'aveugle aspire une bouffée, et fait un rond de fumée qu'il dissipe en soufflant. Une pluie soudaine et diluvienne nous précipite à l'intérieur.

L'habitat est spartiate, mais en ces temps de survivance, le moindre confort paraît ostentatoire. Matelas de paille, colliers d'ails suspendus aux poutres, sauterelles grillées enrubannées de toile de jute, pots de confiture contenant des variétés d'herbes inconnues. Je pose méthodiquement mon œil sur chaque chose. Le vieil évier de grès est à sec. La cuisinière à bois fonctionne correctement, ce qui facilite la purification de l'eau. Elle apporte, en sus d'un surcroît de chaleur ambiante, la douceur immanente aux foyers épanouis.

Attablés, nous dégustons les asperges sauvages aux baies qu'a préparées Rose, buvons encore de la décoction de plantes en picorant des mûres.

– C'est les dernières, dit Rose. Je sais pas ce qui se passe, tout est en train de passer. Les blettes sont foutues, l'aillet pareil…

– Sans la lumière tout part en vrille, dit Baba. Et je sais de quoi je parle.

On voit rouler ses globes blanchâtres dans le halo de la lampe à huile. Bachir avale ce qu'il mastique. Rose reprend tristement.

– Normalement c'est l'inverse. Quand tu laisses les patates à la lumière, ça germe et ça flétrit.

– Les heures sont comptées, petit, le monde est en train de pourrir comme un vieux fruit.

Le bois craque, derrière la porte en fonte de la cuisinière. Puis le silence déploie son drap sur le bruit blanc du déluge extérieur.

– Alors, reprend le vieux rasta pour changer de sujet, va falloir lui trouver un nom à ce chien.

– J'ai pas d'idée. Et puis… C'est pas une bête domestiquée à qui on donne un nom.

– Qu'est-ce que t'entends par là ? demande Rose.

– C'est un peu comme s'il était toutes les bêtes à la fois.

– Alors il lui faut un nom qui soit tous les noms à la fois.

– Comme ?

– Tu connais le nom de celui qui est tous les hommes à la fois ? demande Baba.

– Non.

– Et bien… Pour moi, il s'appelle Jah.

– Jah ?

Je jongle mentalement avec le son, avant de rebondir.

– Oui, ça lui ira pas mal.

Après le repas, je gagne ma chambre. Le spleen que je garde à distance durant la veille me rattrape au moment du coucher. Je pose mon sac, sors les cierges que je dispose au sol à côté du matelas. J'ôte mon habit de vendangeur. Dans la lumière, je reprends mon ouvrage où je l'avais abandonné. *Les temples se multiplièrent aux abords des cités, on expurgea le cœur des villes de ses petits rendements, de sa logique villageoise arriérée, de la substantifique moelle qui faisait le ragoût des rapports de proximité.*

Je m'arrête un instant sur mon ombre géante qui tremble sur le mur. Sur ce double aux contours incertains. Sur son emprise démesurée. *L'injonction à peine voilée de consommer devint un précepte intégré. Ainsi, l'homme rétribuait une économie qui n'avait de cesse de le déclasser.*

Dans la nuit, les hurlements gutturaux de Rose me tirent des songes. Elle pousse des cris d'accouchement. Baba grogne comme un ours. Je me terre au fond du lit. Les draps sont froids, le tissu roide, ma bouche aride. L'averse ébranle les tuiles d'ardoise. Ma main tâtonne, soulève le rabat de cuir, atteint le sifflet de métal. Je souffle de toutes mes forces. Depuis sa panière, dans l'angle d'un mur de la cuisine, Jah doit redresser ses oreilles trouées comme du gruyère. Se mettre sur ses pattes, et trottiner sur la terre battue. Il monte sur le lit, tache les draps, s'enroule près de moi.

– J'ai peur sans toi, je dis en passant mes doigts sur le flanc de l'animal. Me laisse pas.

Derrière la cloison, les ahanements se sont calmés, comme si ma voix faible détenait un pouvoir magique. Dehors, l'eau tombe, non pas en gouttes éparses comme quand il pleut mais dans un flot ininterrompu de cascade. Parfois, le sol gronde en faisant trembler les murs. De la poussière tombe du plafond. Mon corps rebondit plusieurs fois, tendu par un sursaut de panique quand je m'abandonne au sommeil.

* * *

La négresse aux pieds d'or est infatigable. Rien ne l'arrête, surtout pas les trombes d'eau qui s'abattent comme des massues. Au détour d'une arabesque, tout en roulé de hanche, elle te laisse l'embrasser, gober les comprimés à même ses lèvres charnues. L'alcool et le manque de sommeil te confèrent l'audace qui t'a toujours manqué. Tu bouges au ralenti sur une techno blafarde, en buvant l'eau amère qui rince ton visage. Des heures, des jours, des années.

Hélène te demandait parfois de l'accompagner, dans le salon de votre appartement. Tu prétextais qu'une telle débauche de gestes était seulement digne des primates. Un livre ouvert, tu restais allongé sur le canapé, à la contempler discrètement se défouler sur Ornette Colemane ou Archie Shepp. Cette nuit tu danses pour toute une vie. En attendant le quart d'heure américain, où la mort te tendra la main.

Le Pervitin a raison des organismes épuisés. On meurt à l'abri des regards, quand on ne trouve pas la force de basculer par-dessus bord. Tu assistes à d'étranges scènes d'automutilation. Debout sur l'estrade du disc-jockey, un type velu se scarifie le torse avec un tesson de verre. Il agonise en gargouillant sur le teck inondé. Des combats improvisés hypnotisent un public de connaisseurs. Afin de jouir d'un ultime moment de gloire, certains dévoilent un talent jusqu'alors maintenu secret. Ainsi, une femme forte se lance dans une interprétation très personnelle de la *Bohème* de Puccini. Un métis affûté se contorsionne, pieds aux oreilles. Un ivrogne tente une démonstration de capoeira, mais ne parvient à ressembler qu'à un cul-de-jatte s'escrimant à faire la roue.

Au niveau inférieur, tu erres dans les couloirs, au bras de la fille aux pieds d'or. Vous vous appropriez une chambre vide. Un lit rond trône au centre, du marbre rose factice couvre les murs de la salle de bain. Les chromes étincellent. Tu dénoues le sac plastique de ton œillet de pantalon, déposes les *émaki* sur la table de nuit, et les cigares moites offerts par le capitaine.

Sous la douche, l'eau se fonce à votre contact. Vous déchirez les échantillons de savon liquide avec les dents, moussez dans le bonheur éphémère de votre cuite. Vos épidermes retrouvent le confort de la propreté. Vos sens le plaisir du contact. Le noir et blanc de vos peaux accolées chasse la grisaille.

Après les ablutions, vous restez nus sur l'édredon léopard. La négresse aux pieds d'or vide le minibar, éparpille les fioles. Vous devenez démiurges aux proportions démesurées. Sa peau est douce, parfumée à l'huile de camphre et de lavande. Tu parcours son ventre au nombril décoré. Son corps savoureux, que tu voudrais dévorer tout entier. Mais ton organisme contrariant refuse d'offrir ce qu'on attend de lui. A-t-on déjà vu un outil s'user de ne pas s'en être servi.

Les gravures du *kamishibaï* ont résisté à leur séjour aquatique sans plus de séquelles qu'une éruption d'auréoles jaunes. Tu choisis celle où le garçon marche sur l'eau. Avec un stylo estampillé *Ebony shine,* tu écris au dos.

*Le dernier né s'emporte, marche vers l'autre rive*
*Dans le vent qui le tance, il redore son blason*

*Ses pieds nus sur l'eau morte, dessinent une onde vive*
*En équilibre, il danse, sur un fil d'horizon*

Tu n'as pas le temps de te relire, la négresse aux pieds d'or tente un nouvel assaut. Comme d'un métal dont on soupçonne qu'il est brûlant, tu t'approches de ses hanches avec prudence. Avant d'y poser plus franchement les mains, tu jauges délicatement la chair. Cela fait des années que tu n'as pas senti une langue étrangère dans ta bouche. Une langue vivante et méconnue. L'excitation fait affluer le sang. Délicatement, la négresse aux pieds d'or te manipule, te glisse en elle. Une sensation de chaleur mouillée envahit ton bas ventre. Tu as l'extase inquiète. Comme lors d'une première fois. Le monde court à sa perte. Et toi, sur un bateau ennemi, repu d'alcool fort et de drogues dures, tu prends ton pied tel un étudiant aviné. La vie t'aura tout fait.

* * *

Au réveil, je goûte le café pour la première fois. Bien que celui préparé par Rose soit léger, je trouve cela infect. Je me force à terminer ma tasse.

– Grandir consiste à rendre l'immonde savoureux, professe Baba.

Je n'ose questionner l'aveugle et sa femme quant à leurs agissements nocturnes. D'ailleurs, dans la torpeur, j'ai pu mélanger mes cauchemars à la réalité.

– Le niveau est encore monté, dit gravement Rose en essuyant ses paumes sur son tablier. Les réserves de nourriture… Une meute est venue dans la nuit, on a tout perdu.

Je repense honteusement à ma terreur et à mon coup de sifflet. Il ne manquait plus que ça, la culpabilité.

– J'ai fait mon tour au réveil, l'eau est à moins de cent pas.

Un haut-le-corps soulève ma poitrine.

– Il faut s'en aller, je dis. Je suis sûr qu'il y a…

– Feu-de-bois, dit la vieille femme, nous ne partirons pas.

L'aveugle attrape son instrument, l'accorde sommairement à l'oreille.

– Mais… Qu'est-ce que vous comptez faire ?

Bachir pioche un mégot dans le cendrier, le porte à ses lèvres, l'allume. Ses doigts pianotent dans le vide, avant de se poser sur les cordes.

– *Mon cœur suspendu à un fil,* il entonne en épousant la mélodie.

– *Je te le donne en mille,* répond Rose d'une toute petite voix. *Je te le donne en mille.*

– *Mes riens, mes reins, ma foi, ma bile…*

– *Je te les donne en mille. Je te les donne en mille.*

– *Mes sermons, mes mots imbéciles.*

– *Je te les donne en mille. Je te les donne en mille.*

On chante. Rose danse. Baba improvise, en transe. Le moment est beau et précieux.

Les cierges ont coulé, des monticules de cire s'amassent à leur base. L'odeur du marc, de la fumée, de l'humidité et du chien, des corps poisseux, l'odeur de vieux bouquet oublié dans le vase, des urines stagnantes dans les seaux, deviennent insupportables. Je me lève en renversant ma chaise et vomit dans l'évier. Rose humecte un linge, me le passe sur la nuque puis sur le front. Elle me fait me rasseoir.

– Je dois m'en aller, je dis dans un murmure.

Je fixe le plafond bas de la masure. Les chapelets d'ail cloutés aux poutres sont noircis, comme brûlés.

– J'ai trouvé un bateau échoué derrière la maison, dit Bachir. Un Zodiac des sapeurs-pompiers. L'amarre a dû céder… Je l'ai passé au crible, il ajoute en agitant ses larges mains aux paumes claires.

– Ces deux là sont mieux que des yeux, dit Rose avec des papillons dans la voix. Des yeux ne sauraient faire autant d'effet.

Baba secoue la tête.

– Avec le jerrican que tu as ramené je me suis permis de remplir le réservoir… Il était à sec. Voilà… Maintenant c'est toi qui vois. Tu peux partir, tu peux rester.

Le simple fait d'être entouré d'adultes bienveillants confère une douceur indicible à cette nouvelle vie, si peu juste et tellement hostile.

– Tu es libre.

Je réalise comme la liberté sait se montrer effrayante. Le chien quitte sa couverture, vient poser sa tête cabossée sur ma cuisse.

– Je vais préparer mes affaires, je dis en me levant.

Dans le miroir de la chambre, je ne reconnais pas mon visage. Mes yeux pleins de flotte, de fatigue et de désespoir. Deux cernes bruns me mangent les joues. La terre a durci des épis dans mes cheveux roux. La douceur de mes traits s'estompe pour laisser deviner les contours de mon âme endurcie.

* * *

Comme les grands de ce monde, tu tètes le cigare avec morgue. Tout contre toi, enroulée dans le couvre-lit léopard, ta partenaire s'est assoupie. Trop survolté pour fermer l'œil, tu passes en revue les gravures. Te laisses entraîner par l'enfant, dormant sur un cheval couché. Tu voudrais jouir encore. Revivre ces sensations que tu croyais perdues. Le plaisir de l'étreinte, la satiété du désir charnel. Tu penseras à Hélène cette fois, à l'acmé du plaisir. Tu te remémores ces moments imprévisibles où vous vous déshabilliez mutuellement au milieu du salon, faisiez l'amour en plein jour sur le canapé, parmi les fringues éparpillées.

Autre planche. La légende s'écrit sans toi.

*Le dernier né s'effraie quand la meute affamée*
*L'adosse à la falaise, pour de lui se repaître*
*Le sang de son cœur frais, fait les chiens se pâmer*
*Reste à les remplir d'aise, ou les envoyer paître*

Mal réveillée, la négresse aux pieds d'or moque ton application.

– Pourquoi tu fais ça ?
– Quoi ?
– Les poèmes…
Elle survole les illustrations orange et bleues disséminées sur le lit rond.
– Je sais pas, ça m'aide, tu dis en crachant la fumée de ton Quintero. La poésie, c'est la dernière chose qui mourra.
Elle embrasse ta poitrine en dedans, ta peau clairsemée de longs poils tirant sur le gris.
– Tu as des enfants ?
– Un fils, tu dis. Et toi ?
– Non… Avec ces histoires de prime, c'est plus intéressant de pas en avoir… Tous les mois ça me fait un petit revenu. Tu vois ce que je veux dire ?
– Pas vraiment.
Le goût de cuir calciné paraît désormais agréable, tout n'est qu'histoire d'adaptation.
– Faut voir le monde qu'on leur laisse.
– Je préfère le confier à mon enfant qu'à ceux des autres, tu dis.
Elle enjambe ton corps frêle, accole sa poitrine à ton torse. Réveille ton corps d'un mouvement chaloupé du bassin. Elle t'emprunte le cigare, aspire une longue bouffée. La cendre tombe sur le drap. Vous roulez sur le matelas. Reprenez un comprimé, le faites descendre avec une gorgée de liqueur.
De nouveau tu voyages en elle. Lentement, avec une application d'horloger, vous faites l'amour. Au moment où la lumière blanche inonde ton crâne, elle

apparaît. Là. Debout. Devant toi. Dans l'encadrement de la porte. Lilu. La femme-papier. La gitane aux yeux cobalt. Revenue des abysses. Son regard est passé du bleu au noir.

## LE QUATRIÈME JOUR

*[Dieu dit : Qu'il y ait des luminaires dans l'étendue du ciel, pour éclairer la nuit. Et cela fut ainsi. Dieu fit la lune pour présider, et créa les étoiles. Dieu vit que cela était bon. Il y eut un soir, il y eut un matin, ce fut le quatrième jour].*

Le dehors s'est assombri encore, et la surface de l'île réduite à la taille d'un jardinet de banlieue. Je me tords le cerveau pour me représenter cette nouvelle géographie. Il ne doit rester émergé qu'un archipel d'anciens points culminants.

Le ciel a tari ses réserves, l'air est sec. Le bateau, amarré par l'aveugle au tronc d'un figuier aux feuilles tristes, est un modèle ancien de Zodiac, avec un moteur minuscule maintenu par des sandows derrière un siège noir craquelé. Les inscriptions sur les boudins sont illisibles. Le fond paraît robuste, bardé de bois vernis. Des couvertures sont entassées à l'avant, une corde lovée, l'un des deux porte-rames est vide. Bachir a fabriqué une torche de fortune, avec des haillons imbibés de gasoil, noués au bout d'une perche. Nous tirons l'embarcation. L'eau marronnasse est tiède, chargée d'immondices. Des fétus emmêlés y flottent, parmi d'inoffensives méduses que forment les sacs plastiques. Le lapement mouillé résonne contre les flotteurs.

– Soyez prudents, dit Rose en tenant le chien à l'encolure.

Baba tire la poignée, le moteur pétarade avant de s'étouffer. Il renouvelle l'opération, avec succès cette fois, et le Zodiac quitte la rive dans un nuage odorant de fumée. L'inertie de l'accélération me renverse dans les couvertures.

– Droite, droite, droite, je dis en me relevant.

L'aveugle donne un coup de barre, l'effet de couple fait chasser l'embarcation. Le Zodiac frôle un rocher, et trace une virgule dans une flaque de mousse.

– Prends les commandes, il dit. On va se foutre en l'air sinon.

Je m'installe près de Baba.

– Il faut penser à l'envers.

Bachir pose sa main sur la mienne, et actionne la poignée des gaz. Nous faisons le tour de l'île à bas régime.

– Dis-moi ce que tu vois.

Je reste silencieux. Un voile de brume rend la lune floue. Rien ne brille à l'horizon. Des corps de vaches pleins comme des outres dérivent lentement, à peine visibles dans le halo de la torche et la pâleur lunaire. On n'y voit goutte. Le monde s'est retourné comme un vieux gant.

– Les étoiles, je dis.

Bachir lève le nez, hume l'air salin. Plus rien ne pique le noir des cieux. Les astres ont cessé de briller. Et la lune esseulée faiblit.

– Baba... Pourquoi est-ce que ces choses arrivent ?

L'aveugle passe la main sur sa barbe naissante.

– Les choses arrivent, il dit. C'est tout...

Le vieil homme essuie ses orbites suintantes, tapote du doigt l'aile de son nez.

– À croire que l'homme est aveugle...

Sa colère contenue gonfle ses tempes.

– Mais la cécité n'est pas une excuse, il reprend. Avec des yeux en ordre de marche, je n'aurais pas vu plus loin que le bout de mon nez.

Je reste songeur, cherchant machinalement le point de patinage du moteur.

– Je suis fier de toi, tu sais. À ton âge le courage n'est pas une posture. Seulement... Le temps du courage est passé. Toi et tes semblables, vous êtes nés trop tard.

J'accélère, fais demi-tour. Effectue les manœuvres de base. Slalome entre les déchets. Épargner la coque gonflable n'est pas une mince affaire. Je me dirige vers la demeure de mes hôtes à bonne allure. Des poches d'air comprimées sous l'embarcation claquent comme des coups de fusil.

Le bateau accoste, nous descendons, un peu groggy. Rose a rallumé le feu, et coud à sa lueur. Le chien dort, le museau calé sur ses pattes avant.

On veille, les pommettes rougies par les flammes et l'humeur en berne. On échange des paroles anodines, pour désacraliser l'instant des adieux. Rose me confie des bocaux d'herbes sèches, derniers vestiges d'une flore à l'agonie. Je remercie en masquant la mélancolie.

– Si je trouve un bel endroit, je viendrai vous chercher, je dis.

Les joues de Rose luisent. Des larmes de vieille femme digne. Elle sourit.

– Nous avons notre bel endroit. Tu trouveras le tien, on compte sur toi. Nous chanterons et nous danserons pour toi.

Baba ébouriffe mes cheveux de feu.

– Le son de la kora te guidera dans la nuit.

Je saute dans le Zodiac, essaye en vain de démarrer le moteur. Bachir actionne le lanceur. Jah monte à bord. À bonne distance des côtes, la solitude me tombe dessus comme la foudre sur le faîte d'un arbre.

* * *

Tu fais passer le goût de ferraille des amphétamines avec une lampée d'alcool fort. Lilu a retrouvé le *Kamishibaï* dans le poste de pilotage.

– Je t'ai cherchée partout, tu dis en manière d'excuse.

– Moi aussi.

Quand elle a fait irruption, la négresse aux pieds d'or s'est volatilisée sans demander son reste.

– J'ai harcelé tout l'équipage...

– Moi aussi.

Tu mets de l'ordre dans les planches du théâtre pour occuper tes mains tremblées. Tu renifles, débouches tes tympans en te bouchant les narines.

– C'était qui ?

De la paume, tu balayes les cendres du couvre-lit. Chasses les insectes incandescents.

– Je sais pas, tu bredouilles comme un gosse pris en faute. Elle avait de l'or sur les pieds.

Lilu n'a pas l'air triste, ni déçue, ni même en colère. Tu aimerais lui plaire, mais tu fais tout de travers, comme toujours. Ta gorge est serrée par un invisible collet. Tu mets ça sur le compte des médicaments, de la fatigue, de la nuit infinie.

La femme-papier défait la chaînette d'argent qu'elle porte à la cheville, la pose sur le chevet.

– Ils cherchent à nous abrutir, elle dit en se levant. On doit partir d'ici.

Lilu s'enferme dans la salle de bain sans rien dévoiler de ses mystères. Comme un cleptomane, tu fourres son bijou dans ta poche.

Tu crapotes en divaguant. Les battements réguliers de la sono font vibrer ta cage thoracique. Tu feuillettes les images.

La fumée envahit la pièce, gonfle, roule en vagues blanches et goulues. Les volutes forment des animaux mutants. Dans la cabine de douche, l'eau coule en un jet ininterrompu sur le corps de Lilu. La brume stagne bas. Tu te dissous dans la buée densifiée. Tu voles, tu nages, tu ne crains pas les coups. Tu t'absentes un peu trop longtemps.

– Lazare, elle crie en sortant de la salle de bain. Lazare !

Lilu tente d'étouffer les flammes avec les serviettes humides. Elle porte sa robe à fines bretelles sans rien en-dessous. Ses petits seins pointus s'agitent dans la fumée. L'air est irrespirable. Ton cigare est tombé. Le matelas imbibé d'alcool se consume telle une bûche au foyer. Grimpées au rideau du hublot, les flammes lèchent la cloison. Le revêtement synthétique fond en dégageant ses relents toxiques. Lilu sauve son théâtre, et te tire par la manche. Vous fuyez. Pyromanes. Avant que l'incendie ne vous rattrape.

* * *

Je navigue des siècles, sans cesser de sonder la torpeur de mes yeux habitués à la maigre clarté de lune. L'océan est immense, et je réalise combien la chance m'accompagnait jusqu'alors. Les remous secouent le Zodiac, mais les creux ne sont pas suffisants pour le faire chavirer. À l'odeur de vase iodée se mêlent celles des poubelles trop longtemps macérées, du chien mouillé et des gaz de combustion.

J'ai froid. Mes forces s'amenuisent, je laisse le moteur pétarader au ralenti, le bateau s'orienter au grès des baïnes. Je m'installe sous les couvertures humides, et allume la torche. En positionnant la perche dans le réceptacle initialement prévu pour la hampe d'un petit drapeau, je dispose d'un éclairage suffisant pour la lecture. *Ces inventions ne répondaient plus spécifiquement à d'impérieux besoins, mais apportaient, à la manière d'objets transitionnels, un surcroît de réconfort à l'acmé de la déshumanisation des sociétés. L'homme délaissa le réel, pour se réfugier dans le monde virtuel des datas. Il ne se nourrissait plus que d'aliments sans saveur, à l'odeur neutre et rassurante de carton bouilli. Ne touchait plus d'autre surface que celle vitrée d'écrans lisses et polis, n'entendait plus les voix qu'au travers du prisme grésillant d'écouteurs sophistiqués. À mesure qu'il surproduisait, en accumulant subséquemment d'innombrables déchets, l'homme dédoublé délaissa ce qui faisait de lui un être humain et singulier.*

Jah aboie en se redressant sur ses pattes. Un rayon de soleil blond apparaît brièvement. Je ferme l'ouvrage boursouflé. Le chien jappe de plus belle, montre les crocs. Je plonge le tissu enflammé dans l'eau. J'écoute attentivement, crois distinguer des cris. La rumeur d'un autre moteur. Je tourne la poignée, le Zodiac se cambre. Le phare m'éblouit encore. Comme je n'ai nulle part où aller, je vise la lune pâle. Le vent hérisse ma tignasse, fait suinter mes naseaux. J'éternue. Mon cœur tambourine jusque dans mes oreilles. Le chien apeuré s'est tapi parmi les cordages. Dans le rythme effréné des claquements de la boue contre les flotteurs, mon esprit tamise les souvenirs.

Les rideaux clairs tirés sur la baie vitrée de l'appartement. Le canapé confortable et la télévision si mince et translucide qui diffusait les dessins animés à bas volume, quand je prenais mon petit-déjeuner. Un biberon de lait chaud, que ma mère consentait à me préparer bien que mes dents soient déjà poussées. Infime et délicieuse régression, avant le départ pour l'école. Sous l'œil vert et coupable de ma mère, qui anticipait sa journée de travail en prenant connaissance de ses mails. Elle était magistrat. Juge des enfants. Elle travaillait énormément. Hormis au réveil, je la voyais peu. Mon père faisait des nuits, les presses de l'imprimerie tournaient en continue. Aussi, l'instant du petit-déjeuner permettait l'exclusivité de l'amour maternel. Je m'asseyais sur ses genoux, plongeais la tête dans sa longue crinière rousse et prolongeais merveilleusement ma nuit dans cet écrin ouaté.

Ne me restent en mémoire que des clichés fugaces, odeur de peau et de cheveux fraîchement lavés, grain de beauté à la naissance du cou, boucle d'oreille discrète, voix enrouée de sommeil et baisers chauds sur mes joues bombées d'enfant rassasié. Cette année-là, ma mère périt dans une tuerie de masse. En manifestant au milieu des siens, pour la préservation de ses fonctions. Même si j'évite d'y repenser, je me souviens de la cérémonie de minéralisation. Du corps de ma mère, dans l'appareil vitré qui ressemblait à un four à pizza. Du *Chant de la terre* que diffusaient les haut-parleurs. Des fleurs malodorantes à être ainsi toutes mélangées. De cette pierre de phosphate de calcium apatitique, de la taille d'un petit ballon. De cette pierre si peu lourde, faite de résidus d'os spongieux.

Il doit rester un morceau de soleil, de l'autre côté, pour éclairer même chichement la lune qui me tient tête. Et dont l'éclat ternit. Sa rondeur familière sera mon dernier réconfort. Le moteur tousse, avant de monter dans les tours.

– Reste avec moi…

Je m'adresse à la fois au chien, à la lune, au moteur et à mon père. Je m'adresse au monde. Le moulin hésite, manque un tour, avant de s'étouffer dans un dernier crachat de fumée âcre.

* * *

Lilu s'assied dans le halo écru d'une LED. Le cadre posé sur les genoux. Tu t'installes à côté, alors qu'elle remet les gravures dans l'ordre. La musique s'est tue. Les survivants s'ameutent en longeant le bordage. Tu fais descendre le trac à coup de champagne, bu à même le goulot d'un magnum. Tu étires les muscles endoloris de ton visage, racles ta gorge en essayant de ne pas tousser. Tes premiers mots sont hésitants, mal orientés. Le public s'en contente pourtant, les boit avec avidité.

*Le dernier né se meurt, enfermé dans la cale*
*Prisonnier de la toile qui lui tanne le cuir*

*Dans le bruit des moteurs, il rêve de cavale*
*Quand aux nues les étoiles, cessent pour de bon de luire*

Ils t'écoutent attentifs, attendris, circonspects. Certains cherchent le sommeil, au détour d'une rime. Le yacht avance à l'allure paisible d'une coulée de lave. Dans l'ombre, le regard de la gitane brille. Tu ne peux t'empêcher de chercher à communiquer ce que tu ne parviens pas à lui dire. Le vent fraîchit, et le pont se réchauffe. Les lames de bois dégagent une moiteur qui fait confondre l'instant avec une soirée amicale autour d'un feu de cheminée. Chaque fois que tu buttes sur un mot, tu sens l'énergie de l'auditoire te venir en aide. Suspendus à tes lèvres, les spectateurs t'encouragent à poursuivre le conte. Au loin, à peine découpée dans la nuit, la silhouette d'une chaîne montagneuse défile tel un électrocardiogramme. Le ciel est une bâche étanche que rien ne saurait transpercer. Au premier rang, pris dans des voiles de spectres, les gens se donnent la main. L'histoire progresse, tu la découvres en même temps qu'eux.

*Suspendu à la corde, le dernier né s'évade*
*Il n'a cure du danger, et brûle de connaître*
*Les navires qu'on saborde au sortir de la rade*
*Les villes assiégées, en un mot il veut naître*

La fumée remonte depuis l'extérieur de la coque. Le feu se propage parmi les cabines du niveau inférieur.

Les hublots ont cédé, provoquant un appel d'air qui attise encore l'incendie. Les passagers restent impassibles. Rien n'importe plus que la survie du dernier né. Les plus sensibles ne peuvent refréner une quinte de toux, d'autres enfouissent le nez dans leur col. Des mômes, voilà ce qu'ils sont. Ils ont tellement dansé qu'ils ont brisé leur coquille d'adulte, pour libérer l'enfant qui siégeait à couvert. Alors que tu récites ton texte, tu comprends qu'en y mettant suffisamment de cœur, qu'en trouvant les mots justes, par ce biais incongru, tu fais vivre ton fils. Il prend corps à mesure que tu le racontes. Même si tu sais déjà qu'il n'y a que les histoires qui finissent bien.

* * *

À l'école, je me contentais d'écouter les discours de mes camarades sans y prendre part. Il suffisait que j'ouvre la bouche pour déclencher d'immédiates représailles. Pour survivre, il suffisait de se taire. On m'appelait Tête-de-feu, le Cramé, le Roussi, ou Feu-de-bois. Je savais ma rousseur due à un exemplaire supplémentaire de l'allèle récessif d'un gène sur un chromosome. Les autres ne goûtaient que peu mon savoir, me prenaient pour un être occulte. Aussi, je me cantonnais au rôle du spectateur mutique, à peine toléré, quand certains péroraient en débitant d'irréfutables approximations.

J'aurais préféré exister avant. Avant ma mère morte. Avant la fin du jour. Survivre seul, après une courte vie d'exclusion, est le comble de l'abandon. Assommé de fatigue, je rêve la lune blonde et ses grains de beauté. Je rêve sa chaleur, l'odeur du pain grillé. Je rêve une coulée d'or liquide, déversée sur mon corps en chien de fusil. Tout enveloppé de douceur, je relâche mes poings et mes mâchoires crispées.

Jah trépigne en gueulant pour me réveiller. Un homme s'est invité à bord. Il fait taire le chien d'un coup de crosse de fusil sur le crâne, et me prend par le col.

– On a fini par t'attraper, il me crache au visage.

Je me laisse manipuler sans opposer la moindre résistance.

– Eh ! L'Ours, il crie. Je l'ai !

Une voix retentit dans l'ombre, plus haut.

– C'est quoi ?

La brute me renifle dans le cou.

– Un couillu, il dit sur le ton de la déception.

– On va le mettre au frais.

Il me porte tel un sac de farine sur son épaule, et escalade l'échelle de métal jusqu'au pont d'une péniche rafistolée avec des plaques de fer et des planches de récupération. Sur la coque, l'inscription *Unrefined oil* est encore lisible malgré le graffiti *Black Orphéus* à la bombe de peinture. Le moteur a des ratés comme celui d'un tracteur. De la cabine émanent les accords d'un vieux rock.

– *The ice age is coming, the sun is zooming in…*

Deux hommes de bord descendent dans le Zodiac pour récupérer ma sacoche et la carcasse du chien.

– *The wheat is growing thin…*

Ils amarrent mon bateau à la péniche. Le petit suivra dans le sillage du gros.

– Qu'est-ce que vous comptez faire du gosse ? demande un adolescent apathique.

On me jette dans un havresac, siglé d'une croix rouge et noué solidement.

Je n'entends plus que mon souffle, les bruits étouffés par la toile épaisse et l'habitacle de la péniche. Les calottes des vagues contre la coque. Des voix fortes et grasses, donnant des ordres ou livrant des rapports circonstanciés. Des surnoms étranges, comme dans les aventures de pirates. L'Ours, Tarzan, Pétrole, la Piave, Corback. Je me débats, essaye de me mouvoir en faisant rouler le sac. Je ne fais que remuer la poussière. *Allège notre peine / Allonge notre renne / Accorde-nous la paix / Le repos et le lait.*

Je sanglote en silence, songeant à ceux que j'ai perdus. L'image de la crosse du fusil contre la gueule du chien revient sans cesse, comme un signe de ponctuation. On va me laisser crever dans ce sac, ou pire, me dévorer. La sauvagerie se nourrit de la nuit.

* * *

Sur l'illustration, le Christ en croix t'est vaguement familier. La base du calvaire est inondée, un mètre en dessous de ses pieds cloués. Tu avales ta salive, prémédites un alexandrin, quand l'incendie fait sauter le courant électrique. L'éclairage de la timonerie et du pont supérieur s'éteignent synchroniquement. Des voix marmonnent dans la torpeur. Le ventre du bateau gargouille comme un estomac vide, émet des grincements, des bruits d'effondrements, des chapelets de détonations sourdes.

– Entracte, crie Japhet en faisant cracher son M16 dans les nues.

Des clans se forment. Un rien suffit à trouver des raisons de se rapprocher. Âge, couleur de la peau, pressentiment d'affinité quelconque. Vous vous installez autour de la rotonde, à l'avant. Personne n'ose trop vous aborder, après la prestation.

– Tiens, tu dis en tendant à Lilu sa chaînette d'argent.

Elle regarde les maillons se lover dans le creux de sa main. Sa fossette se creuse. Elle plie le genou pour accéder à sa cheville, attache le bracelet, contemple son pied d'un air satisfait.

Bras dessus, bras dessous, un couple de petits vieux finit par vous rejoindre.

– Vous seriez pas l'imprimeur ?

Tu cherches à te remémorer le nom de ces anciens voisins d'immeuble.

– Lui-même, tu dis. Vous êtes les parents d'Anita ?

La femme se réjouit du hasard qui les rapproche d'une connaissance, même lointaine, donne des coups de coude à son mari.

– C'est bien ça, elle dit.

– Qu'est-ce qu'elle devient ?

– Elle aura trente-huit ans la semaine prochaine.

Le vieux s'égare un instant, ses rétines se voilent.

– La semaine prochaine, il répète dans un souffle.

– Elle habite toujours l'immeuble ? tu demandes pour changer de sujet.

Le vieux hausse le menton, pour laisser sa femme expliquer ce qui le dépasse.

– Oh non, ça fait longtemps… Anita vit au Canada, elle dit avec fierté. Elle est avocate dans un grand centre d'affaires. Une très bonne place.

– Elle travaille pour des entreprises de données, complète le vieux sur le ton de la confidence. Elle a énormément de responsabilités.

La femme se met à pleurnicher, cherche un mouchoir en tissu enfoui dans la manche de son chemisier. Lilu pose la main sur le châle vieux rose ajouré comme un napperon, qui recouvre son épaule.

– Ça va aller.

– C'est que, dit le vieux.

– On allait être grands-parents, poursuit sa femme. Elle gagnait suffisamment pour se passer des derniers versements de sa rente.

Tu ne vois pas comment relancer la discussion.

– Félicitations, tu dis.

– Elle est enceinte ? demande Lilu.

La vieille essuie sa joue avec son châle.

– Sept mois, elle dit. Une petite fille.

– C'est sans doute différent, tu dis. Là-bas, ils ont sûrement anticipé ce…

– Ce bouleversement, dit la vieille en opinant du chef.

– Et ils ont des gratte-ciels, dit Lilu.

– Surtout dans les quartiers d'affaires.

Comme tu sens l'effet des psychotropes s'estomper, tu fouilles tes poches, sors des comprimés glanés sur une table, en croques avec désinvolture. La poudre mousse dans ta bouche, te brûle l'œsophage quand tu l'avales.

Le couple te dévisage avec inquiétude en voyant tes yeux s'agrandir, les muscles de ton cou saillir. Tu sens ton cœur palpiter, le goût métallique envahir ton palais.

– Vous en voulez ? tu demandes.

– Qu'est-ce que c'est ?

– Des pilules... C'est comme des vitamines, tu dis.

– Je veux bien, dit la femme.

Le vieux paraît sceptique.

– Vous aussi ?

Tu déposes une poignée de comprimés dans ta serre atrophiée, les fais rebondir comme des pistaches.

– Comment vous sentez-vous ? demande Lilu.

– Fatigués...

– Tellement fatigués.

– Voilà, tu dis. Ça va vous faire du bien.

Tu gardes ton air enjoué, confiant, quand tu leur donnes le Pervitin. Les vieux se regardent avec tendresse et inquiétude, comme dans les pubs pour le suicide allopathique. Ils font descendre un à un les cachetons avec de petites gorgées de champagne. Se prennent la main, comme s'ils avaient compris. Tu distingues à peine leurs visages, leurs traits las d'ouvriers. Dans l'encre noire du ciel, tu cherches désespérément les lueurs.

* * *

Par le passé, la péniche a dû servir à transporter de l'huile dans ses vastes cuves, il en subsiste une odeur tenace entre la friture et le cambouis. Malgré le ronronnement du diesel, je guette les graines de notes de la kora. J'implore mon cerveau de me dispenser une pincée de fluide magique, pour affronter mon agonie. Rien ne vient, que des pas lourds contre les marches en fer de l'escalier.

– Tarzan ?

– Quoi ?

– Tu l'as mis où ? demande une voix molle.

La réponse tarde à venir. Mon cœur forcené retentit jusque dans ma gorge.

– Dans la cale.

– Oui, mais où dans la cale ?

– Dans le sac.

– Je sais, mais où t'as mis le sac ?

– Avec les autres.

Il brasse du matériel à l'opposé de ma position.

– Comment je retrouve le bon ?

– T'as qu'à taper dedans.

Un éclat de rire retentit depuis le pont.

– Je suis là, je dis en agitant mes bras sous la toile.

Le tissu change de couleur sous le faisceau de la lampe. On dénoue le havresac, me passe une éponge sur le front en m'aveuglant. Mon geôlier a une vingtaine d'années. Du genre mal dans sa peau, visage exsangue, cheveux d'un noir bleuté.

– Corback, il dit pour se présenter. Larbin à temps complet. T'as soif ?

Il me tend une bouteille en verre, désigne un seau d'étain dans lequel baigne un balai à franges rachitique.

– Si tu dois aller aux toilettes, c'est le moment.

– Trop tard, je dis entre deux gorgées.

Corback hausse les épaules, tire la toile de son pantalon de jogging souillé, en signe de connivence.

– Qu'est-ce qu'ils veulent faire de moi ?

– J'ai pas le droit de parler.

– Dis-moi, j'insiste. Par pitié.

Corback lutte contre un penchant naturellement serviable.

– Ils savent pas… Je crois qu'ils cherchent une femme.

– Pour s'occuper de moi ?

Ses yeux suintent la fatigue.

– Non, pour s'occuper d'elle. Ils cherchent des femmes et du gasoil.

Tout se bouscule dans ma tête de feu.

– Il est mort ? je demande.

– Je dois te laisser. Je reviendrai.

– Mon chien… Il est mort ?

Corback noue la corde, éteint la lampe, regagne le pont. Un flot noirâtre rejaillit de mes profondeurs. Un cafard insondable qui me tord les tripes, rend mes os douloureux, et fait se bousculer les pensées morbides. Les odeurs de l'urine et des glaires empestent. Le bruit du moteur emplit l'habitacle de mon dernier berceau. Retour au ventre. En fœtus dans mon sac de toile.

* * *

Pour s'éloigner des côtes, Stanislas est contraint d'embouquer un chenal étroit, qui fait les curieux se rassembler le long du plat-bord.

L'odeur de combustion devient irrespirable. L'accès aux niveaux inférieurs est condamné, des flammèches sourdent des bouches d'aération. L'incendie atteint la salle des machines, d'ici quelques milles les commandes seront inopérantes. Et la coque s'enfoncera dans la vase. Noé soulève sa casquette, passe la main sur son crâne constellé de sueur et de suie.

– La Nature a choisi, il dit. Elle veut plus de nous.

Japhet s'approche, son fusil mitrailleur entre les mains. Ses yeux ressemblent à des boules de loto, il a dû forcer sur les pilules. La sueur ravive les plaques eczémateuses de son visage.

– Y'a plus qu'à finir le boulot, il dit en cognant le canon de son arme contre celle de Noé. *Nature au cœur !*

La disparition de l'astre lunaire le rend encore plus effrayant.

– Tout le monde sur le pont arrière, il gueule en brandissant son fusil mitrailleur.

Tu protèges Lilu malgré toi, en tendant le bras. Stanislas et Noé se tiennent sur le balcon du pont supérieur, observent une forme de réserve désabusée.

– Qu'on en finisse, chuchote une femme.

Japhet la regarde avec défiance, gratte la peau irritée de son cou de varan. À cause du contre-jour, tu ne vois rien de son expression, et c'est d'autant plus inquiétant. La femme n'a pas le temps de surenchérir que le bruit du tir résonne dans tes oreilles. Ce qui la maintenait debout cède tout à coup. Elle s'effondre, et le sang qui sourd du cratère dans son dos suit l'inclinaison du sol, qui penche.

* * *

La lampe braquée sur mon visage me fait éternuer par deux fois. Me voilà au grand air, parmi les embruns. Vulgaire marchandise, dans mon sac entrouvert.

– C'est toi qu'a fait ça ? grogne celui qu'on appelle l'Ours.

Ébloui, je distingue ses mâchoires énormes qui mastiquent une pâte marronnasse. Deux mastodontes tiennent le havresac suspendu au-dessus du pont supérieur. Corback fume à côté, en lorgnant la scène avec détachement.

– Oh ! T'as entendu ce qu'il a dit ? Quand l'Ours demande quelque chose…

– Ta gueule Tarzan.

– C'est toi qu'as fait ça, p'tit ? C'est toi qu'as fermé l'œil de la nuit ?

Je me perds dans le ciel dénué d'étoile. Cherche l'astre lunaire en tordant le cou. Mais le ciel est vide. La lune s'est tue.

– Non, je dis d'une voix enrouée. C'est pas moi.

– Tu vois, dit Corback. C'est pas lui.

Une main noire soulève brutalement ma chemise pour dénuder mon torse.

– J'ai remarqué ça quand on l'a capturé.

Les types grimacent à la vue de ma peau lézardée, penchent la tête pour mieux décrypter.

– On dirait une carte routière…

– Ce gosse est pas normal.

– C'est lui j'vous dis.

– C'est pas moi, je répète. C'est… C'est Jah.

– Qui ça ?

– Jah.

– C'est qui ?

– Mon chien.

Les membres de l'équipage se dévisagent incrédules, avant de se tourner vers l'animal. Enchaîné au treuil d'ancre, Jah est train de se lécher les parties. Il est plus vivant que jamais.

– Faut le buter, dit Tarzan.

– Non, faut le détacher, je dis.

– Il se fout de notre gueule…

L'Ours stoppe sa mastication pour mieux se concentrer.

– Il l'a mangée, j'affirme sans sourciller. Il a bouffé la lune.

– L'Ours, putain, tu vois bien que le gosse se fout de notre gueule.

– La ferme.

L'Ours émet une toux grasse, comme s'il secouait une boîte de clous rouillés.

– T'es en train de nous dire, que c'est ton chien qu'a fait ça ?

J'opine, depuis le fond de mon sac.

– Tu crois vraiment que le chien a…

– J'en sais rien !

– Il peut la faire revenir alors ?

Je suis terrorisé, acculé par mes propres inepties.

– Oui. Mais… Pour ça il faut…

– L'Ours, j'te dis que ce gamin est en train de se f…

– Attendre demain… Qu'elle ressorte par l'autre côté.

L'Ours crache du jus de chique sur le pont et ordonne de refermer le sac. Après un silence relativement long, il prend sa décision.

– On va attendre demain alors.

Je recule pour mieux sauter, c'est indéniable, mais imaginer ces gros durs en cercle autour de l'étron de mon chien me réchauffe le cœur. Je hoquette un moment avant de parvenir à reprendre mon souffle. Mes muscles abdominaux s'amollissent à mesure que la fatigue reprend du terrain. Ces pirates, ou peu importe comme il faut les appeler, me considèrent presque avec déférence. Ils comptent peut-être m'utiliser comme monnaie d'échange. Avant, l'enfance représentait une menace pour les fanatiques désireux d'en finir avec la surpopulation, de revenir à un modèle social équitable, à une consommation raisonnée, locale, écologique. Désormais la jeunesse est précieuse. Elle devient l'exception, la garantie d'un futur incertain.

Corback est redescendu pieds nus. Il me rend ma besace, me donne une timbale de riz tiède.

– Je vais avoir des problèmes, il dit.

Ne sachant comment remercier, je me tais. La nourriture m'apporte une sorte d'ivresse. Je mâche en savourant. Ressens les bienfaits dans chaque cellule. La fadeur apparente du repas recèle des trésors de saveurs.

– L'univers est un gigantesque problème, je dis entre deux bouchées.

La faim se calme. Mes muscles s'éveillent.

– On va rejoindre le Zodiac, et mettre le cap sur le Mont d'Airain. Il y a des survivants.

Je lui montre la carte postale, entre les pages de mon ouvrage. L'adolescent fait la moue.

– C'est des cinglés qui violent les gosses, il affirme. C'est l'Ours qui l'a dit.

Je détaille la sérigraphie craquelée de son tee-shirt, baisse les yeux sur le fond de ma timbale. Il ne reste qu'un minuscule grain de riz, que mes doigts ne parviennent pas à saisir.

Corback cesse de contracter ses mâchoires. Sur son front, une ride s'estompe.

– Faut pas traîner, il dit. Ceux qui veillent jouent aux cartes, et les autres sont trop saouls pour se rendre compte de quoi que ce soit.

L'équipage a récupéré des dizaines de kits de survie, réservés aux cas de force majeure. Je me remémore leur distribution dans la confusion générale, près du pont suspendu. Ils contiennent une trousse de secours complète, deux couvertures de survie, de l'eau, des pastilles d'iode, une lampe-radio à dynamo, un réchaud, une casserole, cinq kilos de riz complet, du savon, des sacs poubelles, un vêtement de pluie et des changes basiques en coton blanc, m'explique Corback. Il en charge un sur son dos. Je n'emporte qu'une torche, munie d'un gyrophare et d'une fonction radio.

Les hommes de bord occupent l'arrière de la péniche, accessible en remontant sur le pont, puis en redescendant par la timonerie.

– Suis-moi.

Je me place en bas des marches, éclaire la sortie. Avec mille précautions, nous gravissons l'escalier pour gagner le passavant. Accroupis, nous progressons en crabe sous les fenêtres éclairées du poste de pilotage. J'ose un œil à l'intérieur. Deux hommes jouent aux cartes autour d'une petite table. Un noir et un blanc. Ils fument des cigarettes mal roulées dont les volutes opacifient la pièce, et boivent du café clair.

– Dix de der, dit l'un.

– Y'a *renonce*, mon vieux. Remballe ton pli…

– Quoi ? Non mais où t'as appris à jouer ?

– C'est toi qui sais pas jouer, Pétrole. La Manille c'est toujours en trente-quatre points.

– Non mais tu plaisantes là ? C'est en soixante la Manille. C'est la Belote qui se joue en trente-quatre.

– C'est pas cent-soixante-deux la Belote ?

– Oh j'en sais rien, j'ai jamais rien compris à ces putains de règles.

Trois tours de manivelle pour éclairer au ras du sol. Un coup de sifflet à ultrasons. Le chien lève le museau. Corback dévisse le maillon de sa chaîne pour le libérer, et l'invite à nous suivre. Le sang séché durcit les poils autour de ses yeux. Sur le revêtement métallique du pont, ses griffes cliquettent comme des petits sachets pleins de diamants.

Nous longeons la péniche d'avant en arrière. Je me penche à la poupe. J'essaye d'éclairer le Zodiac, chahuté par l'écume. Je ne devine que la lourde corde, qui s'enfonce dans la brume opaque en direction de l'eau.

– Dépêche, dit Corback.

Dans la précipitation, je déplie mon couteau, grave dans la peinture rouge écaillée, ICI. D'une minuscule écriture en pattes de mouche. NUIT IV.

– Qu'est-ce que tu fous ?

– J'ai besoin de laisser une trace.

– Toi d'abord, dit Corback. Je fais le guet.

Je rentre les mains dans mes manches, enjambe le garde-fou. La trouille grippe les articulations de mes genoux. Le premier courant d'air venu pourrait bien m'emporter comme un grain de pollen. J'embrasse la corde, passe les jambes autour, et me suspends dans le vide à la manière des singes.

La corde n'est pas assez tendue, je manque heurter la coque de la péniche. Ma besace me déséquilibre.

Le sport n'a jamais vraiment été mon fort. Je me bats contre ma nature. J'arrive en bas sans que mes forces ne tarissent, jette mon sac, franchis les boudins pour m'installer à bord. Depuis la poupe, quatre ou cinq mètres plus haut, Jah hurle à la mort. Je le maudis en ressortant ma lame. Dès que Corback aura rejoint le canot, nous devrons larguer les amarres.

Avec les remous provoqués par l'hélice de la péniche, je suis sourd au remue-ménage de l'équipage. Déjà des rais de lumière balayent la brume, depuis le pont. Le chien aboie. Un coup de feu retentit, et sa masse inerte dégringole depuis le parapet. J'entends l'impact, dans l'eau, près du Zodiac.

– Jah !

Tarzan se penche à l'arrière du bateau, menace de me trouer la peau.

– Fallait y couper les tendons, il gueule. Personne m'écoute !

J'entreprends de scier l'épais cordage avec mon coutelas de pêcheur. La portée des lampes n'est pas suffisante pour m'atteindre. Une balle claque sur la surface de l'eau. J'accélère le rythme. Le manche du couteau me brûle la paume. Une autre balle ricoche sur le carter du moteur. L'amarre s'effiloche. Les marins doivent économiser leurs munitions, car les coups de feu cessent.

– Bon à rien, je distingue malgré le tumulte. Va le chercher !

Les derniers brins de chanvre se tendent soudain quand Corback s'aventure sur l'aussière.

– Non…

À mi-parcours, la corde rompt. Le complice de mon évasion est brutalement projeté contre la coque, avant de plonger dans les remous. *Que les joies qui furent tiennes amoindrissent nos peurs.* Le Zodiac glisse, dans le sillon de la péniche qui s'éloigne dans la direction opposée. Je gonfle mes poumons d'air nauséabond.

– Corback, j'appelle sans force.

Je viens de perdre mon chien. De causer la mort d'une bonne âme. J'ai les mains en feu. Le cœur survolté. Mais j'ai survécu. Je m'assieds sur le siège de plastique noir, et demeure hébété un long moment.

Alors que j'arpente mon espace réduit, dans la nuit pleine, j'entends les couinements familiers.

– Jah !

Le chien a nagé jusqu'à moi. Je tends les bras, empoigne ses pattes avant. Il se laisse faire et se couche à mes pieds. Je procède à une rapide inspection de son pelage trempé, à la lumière de ma lampe de survie. La balle a perforé ses côtes, le sang coule abondamment dans le fond du bateau. La cage thoracique de l'animal a été défoncée par la déflagration. Du sang ruisselle de sa langue pendante. À chaque expiration des gouttelettes noires sulfatent la toile grise. Je passe une manche noircie sur ma joue.

– *Que… Que ton âme trouve refuge / En territoire fertile / Que ton corps vole ou nage / Par-delà le raffut des villes / Et… que ta lumière soit / En plein cœur des ténèbres / Une cible de choix / À qui se voudra libre.*

Ses oreilles poinçonnées comme de vieux tickets de bus frissonnent. L'air siffle en quittant sa poitrine, et son corps de serpillière paraît se vider soudainement de tout ce qui l'habitait dans la seconde d'avant. Il n'est plus que du poil sur un ramassis d'os brisés. Même son odeur de charogne, qui lui irait si bien en cet instant, semble s'être évaporée. Je soulève le chien sauvage. Il est étonnamment léger. Je le hisse par-dessus bord, et le laisse doucement glisser dans les flots. Jamais je ne saurai s'il a mangé la lune.

* * *

Sur le pont arrière incliné, les corps se serrent aux corps. Tu rassures Lilu comme tu peux, d'un geste imperceptible, d'une messe basse. Le yacht montre des signes de défaite, le passavant se fissure dans un grincement sordide. Le revêtement de bois est brûlant. La nuit tache tout ce qu'elle touche.

Tu prenais ton poste le soir, auprès de la vieille presse à tambour, passais au massicot, terminais la nuit à la finition. Et tout recommençait le lendemain. Dans le même ordre immuable qui régit des générations de travailleurs. Jours après jours. Fils après père.

La polyvalence permettait la réduction des effectifs. La profession battait de l'aile, on annonçait l'interdiction imminente des supports de diffusion physique. Les usines d'où sortaient journaux et livres mouraient les unes après les autres, pour renaître dans des contrées où le coût du travail est moindre et le papier encore toléré, avant de s'effacer tout bonnement au profit d'un tout numérique pourtant controversé.

La révolte éclot par itération. Tu n'as pas le souvenir d'un grand soir, plutôt d'une accumulation d'actions bénignes. Avec les concepteurs graphiques, vous élaboriez des stratégies de sabotage organisé. Vous choisissiez un opuscule à gros tirage, et tu rédigeais de courts textes à insérer au milieu des chapitres. Tu t'évertuais en quelques lignes maladroites de démolir la sacralisation de la réussite, du profit, du travail, qui selon vous empoisonnaient la société. Tes collègues inséraient tes pamphlets dans les mémoires d'un homme politique, le constat amer d'un économiste, la biographie d'une chanteuse à succès ou d'un sportif en redressement fiscal. C'était à la fois drôle et excitant. Les semaines passaient, vous attendiez les retours offusqués de l'éditeur, des lecteurs, des médias, voire de l'auteur ou de son nègre, mais rien n'arrivait. Jamais.

Tu reproduisis ton forfait des dizaines de fois, mais personne ne se rendit compte de quoi que ce soit. Du moins nul ne trouva raison de s'en plaindre. Probablement que tous ces livres se vendaient, s'offraient, s'échangeaient, se revendaient, sans que personne ne les lise.

À la naissance de ton fils, tu reçus des mains de tes collègues un recueil de tes textes, papier bible et reliure pleine fleur réalisée à l'atelier, aux frais du patron. *Principe de désacralisation de la vacuité.*

Le titre, gaufré en lettres argentées sur la couverture, était du plus bel effet.

Les années qui suivirent, le conflit se durcit. Des camarades kidnappèrent une directrice de cabinet, des bonbonnes d'encre explosèrent au ministère des affaires numériques. Tu fis la une des quotidiens qui vous soutenaient. Sur une photo pleine page, sous le titre *Coup de toner dans le milieu de l'édition,* on te reconnaissait malgré le foulard noué autour de ta bouche comme un bandit de grand chemin.

Ton licenciement rendit caducs la belle fraternité et l'esprit de révolte qui vous animaient. Tes convictions dépérirent en même temps que ta mansuétude. Dès lors, tu préféras te soustraire au monde à défaut de le changer.

Les langues se délient, à bas volume. Tu gardes un silence religieux.

– On va tous y passer, dit une femme à la voix tabagique.

– C'est ce qui peut nous arriver de mieux, dit un autre.

– Parle pour toi.

Le nain fait les cent pas, son Uzi dans les bras.

– Faut qu'on prenne les commandes, dit un barbu transpirant. Il y a des survivants, au Mont d'Airain. On a peut-être le temps de…

Japhet s'approche. Le canon du M16 procède comme un répulsif naturel. Chacun s'en écarte dans une contorsion.

– Qu'est-ce qu'il raconte le pachyderme ?

– Rien, répond un autre.

Le barbu suinte la peur, l'urine et la médiocrité. Japhet l'empoigne au col, le fait agenouiller face à la mer.

– Répète, j'ai pas bien entendu.

Le type bredouille dans sa barbe.

– J'entends rien !

– Qu'il y a des survivants…

Japhet émet un gloussement sadique en frictionnant son psoriasis. Tu ne peux plus te contenir. Rester là, inactif, spectateur résigné du délabrement et de l'injustice. Comme tu l'as été durant toute une partie de ta vie. L'heure a sonné de la révolte.

# LE CINQUIÈME JOUR

*[Dieu dit : Que les eaux produisent en abondance des animaux vivants et que des oiseaux volent dans l'étendue du ciel. Il créa les grands poissons, les reptiles et tous les animaux qui se meuvent. Dieu vit que cela était bon. Ainsi, il y eut un soir, il y eut un matin, ce fut le cinquième jour].*

Nul horizon à deviner dans le noir d'encre. Aucun astre pour m'orienter. Même le chien sur qui je veillais, et qui veillait sur moi en retour, n'est plus. J'ai le cœur froid.

Le bateau vogue au hasard en plein néant, sans gouvernail et sans moteur. Mais j'ai la conviction d'avancer plus que de fuir. Je possède désormais, en plus de mon inaltérable foi en la survie de mon espèce, une radio portative récupérée dans la péniche. L'appareil ressemble à un aspirateur de table. Je le recharge en effectuant une série de moulinets avec la manivelle, presse un bouton au hasard. – … *rescapés. Si vous détenez des informations, ou pour signaler votre présence, utilisez sans attendre la fréquence 156,8 MHz pour diffuser votre message. Vous pouvez y accéder avec votre téléphone, s'il est équipé. Les zones de sûreté sont situées en altitude, aux points culminants de certains massifs montagneux. Vous pouvez utiliser le canal 16 pour…* – En tirant une gâchette, une sirène deux tons retentit au rythme du clignotement d'une puissante LED. Je fais jouer la mollette pour chercher un canal, et parle en pressant le bouton qui active le micro. C'est pour le moins abstrait, mais je n'ai rien d'autre à quoi me raccrocher.

– Bonjour, enfin… Façon de parler. Je m'appelle Feu-de-bois. Je suis… C'est la quatre ou cinquième nuit je dirais, et je suis… Au milieu de nulle part… Sur l'eau, dans un Zodiac des pompiers… Si vous m'entendez, et bien…

Je me demande à quoi cela peut bien rimer. Qu'on reçoive mon message ne changera strictement rien.

– Je vous souhaite bonne chance.

Avec l'unique rame de secours, je pagaie pour m'occuper. Plus tard, je fais briller l'ampoule. *L'homme désirait ardemment, dans tous les domaines confondus de son existence, une sécurité totale et inconditionnelle. Rien qu'il ne sut prévoir ne devait arriver. Ses manies préventives, pourtant louées sans relâche, avaient peu d'intérêt tant qu'il demeurait pour lui-même le plus grand des dangers.* Je bois trois gouttes à la gourde que Rose a remplie. Souris en la voyant danser dans ma mémoire. Bachir fume, en grattant sa harpe africaine. Dans les volutes blanches qu'il recrache se dessinent de lointaines contrées où les peuplades nomades transhument dans l'allégresse. La musique m'enveloppe, m'entraîne loin de cette réalité cauchemardesque. Je me construis de nouveaux souvenirs, preuve de l'amorce d'une seconde vie.

Je recharge la batterie de mon jouet, éclaire autour de moi. La portée faible, et la brume dense, m'empêchent de distinguer quoi que ce soit au-delà d'une dizaine de pas. Le courant charrie des pneus, des souches arrachées, des barils de lessive, de gros fûts bleus, une table de salon de jardin. Les restes du grand festin de l'ancien monde qui deviendront, si l'on se veut patient et optimiste quant au devenir de l'humanité, des pièces de musée.

Quelque chose tombe dans l'eau, juste derrière moi. Je dirige le faisceau au milieu de l'onde, où grouillent encore des bulles. J'arpente l'espace réduit du Zodiac, toujours scrutant les flots impénétrables. Un autre bruit, semblable au précédent, retentit plus loin, hors de portée. La peur me remonte dans la gorge. J'éteins la lampe, présageant que sa lumière fait de moi une cible, et me recroqueville sur le siège. Ce n'est qu'un long moment après que je découvre ce qui me tombe dessus avec tant de célérité. En voyant les cadavres qui remontent en surface.

* * *

Un bruit mat résonne sur le teck. Japhet sursaute. Les grands fauves ne sursautent jamais. Les regards obliquent vers la carcasse du cormoran qui vient de s'écraser sur le pont. Le nabot se raidit, remue ses petites pognes boudinées sur le métal de son pistolet-mitrailleur. Le barbu est agenouillé, face au bordage. Il a les mains derrière les oreilles, comme un chanteur haranguant la foule en délire. La nuque parée à accueillir la rafale de M16 qui lui ôtera la vie. Le feu gronde sous vos pieds, de la fumée s'échappe d'entre les lattes du revêtement. Le vent transporte des courants d'air chaud qui font s'envoler les pans de la chemise à motifs ananas de Japhet. Tu t'apprêtes à intervenir quand Lilu prend la parole.

– Rien ne vous autorise à nous tuer, elle dit. Pas même le bien commun.

Japhet se fige, avant de vider ses poumons dans un soupir empli de dédain.

– Tout de suite les grands mots… Le meurtre au sens où vous l'entendez n'existe plus depuis longtemps chère madame.

Japhet adresse un geste furtif au nain, pour qu'il contienne les derniers rangs qui se dissipent.

– Il faut des serviteurs dévoués, il reprend. Des hommes, des vrais, pour faire le grand ménage. Ne sous-estimez pas notre besogne, ça demande beaucoup de courage et de rigueur morale. Votre posture angélique est bien plus facile à tenir croyez-moi…

La remarque de Lilu, depuis le toit de l'éolienne, fait son chemin. Quand on a tout perdu, certaines valeurs retrouvent du sens.

– Plus nous ôtons de vie, comme les puces sur le dos d'un chien, plus notre existence a de sens. Notre mission consiste à réguler, ni plus ni moins. Pour permettre l'avènement de jours meilleurs.

Tes entrailles se resserrent. Celles du bateau libèrent un grognement affamé. Les flammes atteignent la timonerie. Les conduits d'aération crachotent une fumée blanche pestilentielle.

– Vous cherchez juste à moraliser la barbarie, dit Lilu. Votre action n'a aucune espèce de portée humaniste…

– Il essaye de nous la jouer gourou et suicide collectif au nom de notre mère la Terre alors qu'il ne pense qu'à sauver son cul, gueule une voix inconnue.

Japhet transpire sur la crosse du M16, il essuie ses mains sur son tee-shirt du parti, et raffermit sa prise.

– Je fais ce que je veux, il dit. C'est moi qui porte le flingue.

– Si vous préférez crever en ayant été lâche jusqu'au bout, c'est votre choix, dit Lilu en faisant glisser les bretelles de sa longue robe.

Tu es à la fois impressionné par sa prestance, et jaloux qu'elle se mette à nu à la vue de tous. Elle enjambe le tissu, qu'elle écarte du pied. Sa peau rougie par la lumière des flammes paraît plus douce que du lait.

– Allez-y alors, faites votre travail, elle dit en plaçant ses seins nus face au canon de l'arme.

* * *

Je ne prends plus la peine de me manifester en faisant clignoter l'ampoule, sonner l'alarme, ou en criant à tue-tête. En voyant luire les ventres blancs des poissons morts, parmi ceux des oiseaux, j'ai préféré éteindre. Sans l'usage de ma vue, mon cerveau fonctionne différemment. Et ma mémoire se fait théâtre.

Je frissonne. Mon ventre grogne. Le temps s'est ralenti. L'absence de repère visuel me brouille les sens. Je remue les orteils dans mes vieux souliers. L'humidité fripe la peau de mes pieds, attendrit la chair entamée par les plis du cuir. Si je n'avais pas si peur de mes rêves, j'essayerais de dormir plutôt que de lutter. Je suis comme prisonnier, entre la noirceur du monde et la suie qui colle à mon âme. Je cherche un interstice de quiétude où me vautrer. La mort, ou peu importe le nom que ça porte.

* * *

La coque de l'arche se déchire dans un grondement lugubre. Les baies vitrées de la timonerie volent en éclats, et les banquettes du passavant s'embrasent. Tu cherches à rattraper Lilu, dont le corps nu se soulève quand une poche de gaz explose en exhalant un souffle torride. La poupe bascule à la renverse. Tu aperçois la négresse aux pieds d'or, les bras chargés de gilets de sauvetage, éclipsée par le soulèvement brutal du pont. Puis tout va trop vite pour que tu puisses voir quoi que ce soit.

Une courte rafale pétarade au hasard dans la foule. Tu heurtes la balustrade en tombant à la renverse. La douleur te foudroie le bas des reins. Tu te retrouves pataugeant, désorienté, parmi les flammes, les nappes de carburant, le plastique à moitié fondu.

– Lilu, tu cries.

Tu regrettes de ne pas l'avoir embrassée. Qu'elle t'ait surpris aux bras d'une autre. De l'avoir observée à son insu, la culotte aux chevilles. Ta dernière fois, tu aurais tant aimé la partager avec elle.

En remuant les membres à l'improviste, tu rejoins un éclat de coque qui refuse de couler. La rognure d'ongle d'un colosse. Tu t'y accoudes. La douleur lancine dans tes membres inférieurs. Tu t'es cogné le coccyx en tombant. Écorché le bas des reins, probablement déplacé des vertèbres. Rien de grave, tu te rassures. Tu cherches des survivants dans la fumée, les remous, dans le faste du yacht dispersé en miettes fumantes et décaties. Une femme parvient à se hisser. Le flotteur tangue tellement que tu dois lâcher prise. Vous êtes bientôt rejoints par un homme noir dont tu ne vois que les dents irrégulières et brillantes.

– Ça va ? demande la femme.

– Ça va ?

– Ça va, ça va… et vous, ça va ?

Chacun s'inquiète du sort de l'autre, avec la même banalité dans le ton qu'un matin à l'usine.

– Là-bas, dit le Noir au sourire immaculé.

Tu reconnais le barbu dont Lilu a sauvé la vie.

– Laissez-moi, il crie. Putain, laissez-moi crever.

– Allez joue pas au con, viens.

Il avale de la mousse, la recrache sans le vouloir. S'éloigne dans un crawl pataud.

– Tant pis pour lui, dit la femme.

La coque en deux parties dégueule des fragments incandescents. Tu sens la chaleur des courants, sur tes jambes. Vous traversez des mares de cendres qui te collent à la peau. Le barbu nage en direction de la carcasse en flammes. S'en va périr ailleurs. Dans la puanteur du gasoil et des chairs calcinées.

Votre flotteur dérive. Le yacht s'enfonce avec mollesse. Les mains en porte-voix, le Noir égraine les noms des noyés potentiels. Tu appelles Lilu désespérément. Parmi des poissons morts, des cartons du *kamishibaï* flottent à ta portée. Tu en sauves une poignée, que tu jettes sur ton morceau de coque. La douleur te remonte vers la poitrine. Ta chemise gorgée d'eau s'imbibe de sang. Tu passes tes doigts sur l'os de ta hanche, du côté gauche. Au moment où tu effleures la plaie, une décharge t'électrise jusqu'aux nerfs du cou.

* * *

Pareil à une mule capricieuse, le Zodiac refuse d'avancer. Je mets les pieds dans l'eau, au milieu des récifs, mais impossible de le désenclaver. Sans préméditation, j'abandonne l'embarcation.

Avec ma lampe-radio, j'illumine la colline alentours. *L'Estive des Braques*, je lis gravé sur un panneau de bois, sous l'entrelacs multicolore des sentiers de randonnée. Un troupeau gît, éparpillé sur un pâturage brun et fangeux. Les dépouilles laineuses forment des monticules pareils à des taupinières grises dans un jardin de charbon. Je vise les moutons un à un, avec le faisceau blanc. Du bout du pied, j'agace une corneille morte. L'oiseau n'est pas rongé par les fourmis. Il n'y a plus de fourmis.

* * *

– J'ai pris une balle, tu dis.

Le Noir arrête de crier à la ronde. Il garde la bouche bée, reprend de l'air. Lui et la femme t'attrapent sous les bras, t'allongent sur le morceau de coque. À trois, l'équilibre déjà fragile devient précaire. Les volatiles qui tombent du ciel te font sursauter chaque fois.

– On ne voit rien, dit la femme.

Tu dénudes ta hanche sans oser baisser les yeux. Ils prennent l'air grave, se dévisagent.

– On va arranger ça, comment tu t'appelles ?

– Lazare, tu dis.

– Moi c'est Caleb.

– Dounia, dit la femme.

Une broche à son blazer renvoie l'éclat orangé d'un tison. Le ciel est d'un vide abyssal, sans lune et sans étoiles. Une toile noire a été tendue entre l'espace et l'océan. Caleb se laisse glisser dans l'eau, bat des pieds pour propulser le brancard flottant. Dounia tente de te rassurer.

– La peau est brûlée, on dirait qu'une des balles s'est fichée dans l'os iliaque. Une autre a creusé une entaille en vous effleurant.

Poumon, clavicule, tempe. La rafale qui emporta ton épouse la toucha en trois points. Poumon, clavicule, tempe. Elle manifestait pour ses droits, contre les restrictions budgétaires du ministère de la justice et la privatisation des audiences. Les grands groupes industriels gagnaient du terrain d'année en année, faisaient agréer des tribunaux d'un genre nouveau. Finançaient l'école de la magistrature, les avocats commis d'office, des établissements de détention provisoire, des usines pénitentiaires, les cages de confinement des étrangers, les bateaux anti-migrants de la sûreté côtière. Hélène refusait d'accepter cette intrusion du capital dans la vie régalienne. Elle s'effondra alors que le soir tombait sur le parvis du Beckett, un théâtre reconverti en restaurant végétalien. Morte sur le coup. Parmi les corps déchiquetés de ses pairs.

Tu ne fus pas autorisé à voir le corps, mais ne cessas de l'imaginer. Poumon, clavicule, tempe. Le quart supérieur de son corps en charpie. Découpé selon les pointillés. Anéanti par une poignée de cinglés, radicalisés par les doctrines écologistes sectaires, partisans de l'épuration d'une race humaine qui proliférait dangereusement.

Après la minéralisation, il ne restait d'elle qu'un caillou trop lisse, parfaitement sphérique. Une pierre de phosphate de calcium. Un minéral sans la moindre aspérité. Tout le contraire de sa personnalité. Avec Feu-de-bois, il vous fallut marcher un jour entier pour qu'elle repose en paix sur le Mont d'Airain, plus haut sommet des environs. Il tenait sa mère dans le berceau de ses mains de porcelaine. Retenant l'effusion de ta peine, tu récitas des vers pendant que le gosse cueillait des fleurs jaunes et violettes. Il ne pouvait plus s'arrêter, il voulait couvrir le tombeau de sa mère avec les espèces protégées de toute la montagne.

C'est sur le chemin du retour que tu sentis le poids de la solitude peser sur tes épaules. À l'endroit même où le petit était assis. Qu'est-ce qu'on devient quand on est mort ? il demanda. Un poème… Un poème et puis plus rien, tu dis. La poésie, c'est ce qui meurt en dernier. Non, c'est les scorpions, il affirma. Ils peuvent résister aux radiations nucléaires. Les scorpions et la poésie, tu concédas.

* * *

Mon feu brûle. Avec le coutelas, j'ai découpé le flanc d'une bête qui ne sentait pas trop mauvais. Je m'agenouille, tire une brochette du feu pour jauger la cuisson de la viande. Entre deux doigts, je pince un morceau de mouton. Je souffle pour refroidir la nourriture, avant de la porter à ma bouche. La viande est savoureuse, malgré le goût du sang. Quand je presse la chair avec mes dents, le jus coule dans ma gorge et sur mes lèvres. Il paraît que nos ancêtres adoraient ça.

* * *

Les cris des sternes ressemblent à des pleurs d'enfants. Des guillemots noirs et gris se sont réfugiés sur un escarpement affleurant. Ils se bousculent comme une foule impatiente. À bout de force, les plus faibles dégringolent en battant de l'aile. Leurs cadavres empesés flottent comme des quilles de plastique.

– J'ai froid, dit Dounia.

Elle passe les mains sur son blazer trempé, éternue, se mouche entre ses doigts manucurés. Ses ongles vernis sont constellés de strass.

– Viens, dit Caleb en se frayant un passage parmi les volatiles.

Tu restes allongé sur ton bout d'épave. Dounia rejoint Caleb sur le rocher minuscule. Il la frictionne en l'enveloppant de ses bras. Au milieu des oiseaux, qui tombent comme des mouches sous un nuage de bombe insecticide, ils peuvent à peine se tenir assis. L'éclairage diminue quand l'*Ebony shine* sombre tout à fait. Seuls les débris encore fumants du yacht offrent çà et là un regain de clarté. Tu passes la main sur tes reins, vérifies l'état de tes tissus. La chair débourre comme d'un vieux coussin, dans le bas de ton dos. Côté face, le constat n'est guère plus rassurant. Des flashs de douleur rouges et blancs t'aveuglent dès que tu approches tes doigts du cratère à ta hanche. Tu forces sur tes abdominaux, contractes la nuque, mais la blessure demeure invisible. Tu fermes les paupières, les cris des nourrissons se raréfient.

Le temps passe. Dounia s'empare d'un guillemot secoué de soubresauts, incapable de se déplacer. Elle l'assomme en lui claquant la tête sur le roc. Elle retire la broche de son blazer, la frotte contre le sol pour l'aiguiser. Sans tressaillir, elle ouvre le ventre de l'animal, perce une poche de graisse qui glisse comme une méduse. Elle en approche un morceau de bois incandescent. La graisse amollit, avant de s'embraser dans un crépitement. Les flammes montent. La lumière et la chaleur sont immédiates.

– Restez avec nous, elle dit en posant sa main tiède et visqueuse sur ton front.

Tu voudrais fuir pourtant. Retrouver la douceur du foyer perdu. Le temps où Hélène et toi envisagiez de procréer. La naissance, la première année de Feu-de-bois. Ses pas fébriles. Avant le lait bouillant, la brûlure au thorax. Avant l'hospitalisation. Avant ton licenciement. Avant le décès de sa mère. Avant que la vie ne devienne un amoncellement d'insurmontables complications.

Tu admires l'une des gravures que tu es parvenu à préserver. Le carton bouilli se dissout entre tes doigts. Tu murmures sans articuler.

*Le dernier né ramasse un épais soulier noir*
*Avant de le jeter, avant qu'il ne retombe*
*S'étonne de sa masse, et se penche pour voir*
*Un pied net amputé, comme sorti de la tombe*

Le pépiement strident de pétrels agonisants ouvre la nuit en deux. Caleb te tire par les épaules sur un amas de rochers austères. Il t'allonge près d'un feu, sur un châlit de bouteilles plastique. Un radeau construit dans l'urgence des intempéries, sitôt bricolé sitôt délaissé.

– Merci de nous accueillir, dit Caleb.

Tu tournes la tête vers l'unique habitant. Un type accroupi, qui trempe une canne à pêche dans la mer encrassée.

– Aaron, il dit en posant un doigt sur la visière d'un chapeau de paille défoncé.

Tu ne saurais rien deviner de ses traits. Les hommes ont tous la même couleur. Noir de jais.

– Ça mord ? tu demandes.

Aaron hausse les épaules.

– Aucune idée, il dit en soulevant sa ligne dénuée d'hameçon. C'est juste pour m'occuper.

Caleb fait les présentations, raconte le naufrage, la balle dans ton corps. Vous partagez de la viande de guillemot, cuite dans sa graisse. Ça a le goût de ton enfance, le goût d'avant l'interdiction du bœuf, puis des viandes blanches. Tu voudrais ne pas subir les assauts répétés de l'angoisse qui t'infligent les images de ton fils luttant contre la Nature déchaînée. Tu voudrais tant le sentir simplement exister encore. Le savoir endormi dans la pièce d'à-côté. Comme avant. C'était là l'essentiel, rien de compliqué. Ton enfant qui respire. Ton enfant à l'abri, tout près, en sécurité. Alors que tu spécules quant à son devenir, tu sens ta poitrine s'alourdir, ton souffle s'approfondir. Avec en bruit de fond les discussions maussades d'Aaron, de Dounia, de Caleb, tu sommeilles vaguement sur ton lit de plastique. Tu rêves du soleil. De l'astre primordial.

* * *

L'île n'est qu'un gros bubon, posé au milieu de l'océan. La portée du faisceau ne permet pas de deviner la forme de l'horizon. Toute cette viande me dégoûte, et l'idée même d'en avoir ingéré me retourne le ventre. Le jour me manque. Je me laisse déborder par ce qui m'emplit. Mon instinct revêt la parure du sacré.

Avec le pinceau blanc de la lampe-radio, je sonde la frontière entre terre et mer. Des écrevisses rabougries roulent comme des pierres trop légères quand je les écarte du bout de ma godasse. Les pieds dans la bouillie tiédasse du bord, je remonte la côte jusqu'à l'endroit, si peu profond, où je peux progresser sans m'enfoncer au-delà des chevilles. Une ligne de fuite, invisible de l'île, moins large qu'un sentier. Entre les cadavres humains gonflés comme des baudruches, que je m'évertue d'ignorer, et les scories en tous genres. Mes semelles ne troublent pas, ou si peu, l'étendue. La terre affleure la surface. Aussi leste qu'un poisson, qu'un oiseau, là, entre le ciel et l'eau, je vais de l'avant. Pour moi, et pour l'entière humanité. Je traîne avec moi le livre, les dernières heures de l'ancien monde, mes expériences et mes rencontres. Je traîne les morts, qui jalonnent mon périple. La fin des fleurs et des bestioles. La fin du jour, des astres, et la certitude tenace qu'un monde vierge m'attend. Cela me peuple autrement que les souvenirs et les idées peuplent les hommes. Cela me peuple dans mes gênes, dans mes gestes, dans mes choix. J'inspire l'air vicié, le recrache. Tant qu'il restera des particules d'oxygène pour gonfler mes poumons. Tant que l'ingéniosité de l'homme de l'ancien monde me permettra de construire un feu. Tant que je parviendrai à faire bouillir de l'eau pour l'assainir. Je vivrai. Et avec moi vivra l'entière humanité. Là, au milieu du néant, et sur une distance que nul ne saurait mesurer, je marche sur les eaux.

* * *

À la douleur irradiant ta hanche, s'ajoute celle d'avoir rêvé la réalité moins sordide qu'elle n'est. Caleb parle de son enfance dans les marais salants. À quadriller les fares, récolter la fleur de sel, assister son père saunier chaque été. Il explique comment il reprit l'exploitation familiale, sut maintenir cette activité ancestrale qui consiste à dompter l'océan pour en extraire de la pureté.

Un guillemot est éventré, le feu alimenté avec sa graisse. Dounia évoque son passé de danseuse de tango. Son histoire d'amour avec un immigré argentin, la milonga qu'ils dirigèrent en couple pendant près d'une quinzaine d'années. Une vie glissée sur le parquet, dans un soufflet de bandonéon. Les robes fendues sur la cuisse, les hauts talons. Aaron parle des arbres, en sa qualité d'élagueur. Des forêts primaires qui aidaient le monde à respirer, avant les *Grands incendies*. Des variétés disparues à jamais. De la façon qu'ils ont d'étendre leurs insoupçonnables racines parmi les entrailles de la terre. De leur immensité cachée, comme les icebergs avant la fonte.

Le plateau rocheux permet aux autres de s'isoler pour satisfaire leurs besoins naturels. Tu restes étendu sur ton grabat inconfortable, attentif aux variations d'ambiance. Les discussions s'entrecoupent de blancs. La nuit s'immisce entre vous quatre.

* * *

Mon pantalon s'imprègne jusqu'à la taille. J'ai cessé d'éclairer la piste. Mes jambes me portent, me conduisent au jour d'après, avec l'évidence inexorable du temps qui passe. Dans un bocal de Rose, j'emprisonne des têtards. Les embryons frétillent avec indolence, dans ce qui manifeste peut-être leur dernier sursaut de vie. Le zézaiement d'un drone ivre de liberté rappelle la civilisation dégénérée à mon souvenir. Sa carcasse métallique disparaît dans l'air ou dans l'eau.

Je marche suffisamment pour perdre conscience de mes membres qui remuent indépendamment. Je n'ai cure de l'épuisement, de la faim, de la soif. De la nuit. Je devine mon squelette en moi. Mes neurones accèdent à une forme de cogitation neuve, trop dense et rapide pour que je puisse en saisir ni même en isoler un échantillon. *Ses disciples l'accommodaient de mille façons, principalement à la manière perfide qui seyait à leur prose. La vérité, la plus vaine et futile des vacuités, fit se damner les hâbleurs.*

Bientôt le chemin de gué s'élargit aux abords d'un monde neuf. Une fois mes pieds sortis de l'eau, je rallume la torche. De part et d'autre émergent la cime de hêtres jaillis des profondeurs, de rares feuilles encore solidaires de leurs branches courbes. La côte s'accentue et les arbres gagnent en altitude. Je m'enfonce dans l'épais tapis que forment les feuilles et la glaise rouge.

Au sous-bois succède une clairière ronceuse. Dans la terre meuble, je creuse un trou avec mes ongles. J'y enterre le sifflet, remblaie, aplanis. Je reste à genoux un moment, prends le temps de penser à Jah. De réciter quelques mantras. De me recueillir dans la cathédrale que dessine la canopée au-dessus de ma tête. Je grille une poignée d'allumettes. Les flammes m'hypnotisent comme à chaque fois. Je demeure sous leur emprise jusqu'à l'extinction. ICI NUIT V, je trace avec mon doigt.

Les épines accrochent la toile de mes vêtements, je m'en libère patiemment, pour continuer à progresser. Quand je reconnais le souffle faseyant d'un cheval, je m'arrête, zèbre le décor de lumière. Dans un fossé, un percheron repose sur le flan, les naseaux dilatés, à bout de force. Ses pattes entrecroisées, alourdies d'énormes sabots frangés de crin, se contractent nerveusement. Je m'approche de la bête, pose la main sur l'encolure. Ses mâchoires battent dans le vide. Sa tête pèse trop lourd pour son cou. Au contact de l'animal mourant, je redeviens presque humain. Je songe à la salle de classe, aux prémices de la catastrophe. Le texte lu par Dalila. Le gentil récit du cheval blessé par les chardons. Crèvecœur.

– Je ne peux rien faire pour toi, je dis à son oreille. Aujourd'hui, tu t'éteins. Demain, ce sera moi.

Le cheval entrechoque ses lèvres épaisses. Son œil devenu sec ne reflète plus la lueur de la lampe. Je caresse l'animal, qu'un semblant de calme traverse. Peut-être qu'il comprend. La mort s'attend sûrement comme la piqûre d'une infirmière. Se détendre, ne pas regarder. Le percheron cligne son œil. Ses naseaux se resserrent dans une dernière expiration. Son ventre se contracte autour des côtes. Il meurt.

Je profite du corps encore chaud. M'allonge, et dors sous l'ars de la bête. Dans mes songes, les sensations remplacent les images nettes de l'ancien monde. Je rêve du vent chargé d'embruns contre ma peau, de la pluie tiède ruisselant sur ma nuque. Du réconfort sans pareil d'un feu de bois. Je rêve des caresses marécageuses sur mes jambes imberbes. Et du sol. Je rêve des aspérités du sol, des crevasses. De la texture rocailleuse de la carapace des crustacés, du pelage ras de l'équidé, du lainage épais des ovins. Je rêve du sang de mouton qui coagule. Je rêve de l'herbe devenue laminaire. De la sueur noirâtre qui sourd des entrailles terrestres. Des différentes odeurs, des braises, du monoxyde, du linge humide qui ne parvient pas à sécher. Du suint des brebis égarées. Du fumet de la mort. Infect plus que tout autre.

* * *

Le roulis te soulève l'estomac. Tu bascules en arrière en essayant de te redresser sur ton lit. Tu cherches à t'agripper, plonges les avant-bras dans l'écume. Tu flottes. Dans le ventre rond de la nuit. Sur ta couche de fortune en bouteilles de soda ficelées. Le dos trempé, la peau flétrie par le sel. La faim chevillée au corps.

Ils t'ont chassé alors que tu dormais. Renvoyé à la nuit. Tu leur laisses, leur piteux rocher. Si peu cossu, et inhospitalier. Actionner ton bras gauche ou lever la jambe est une torture. Tu penches la tête de ton côté inerte. Te voilà seul, abandonné sans plus d'égard qu'un chien sur une aire de repos. Tu ne leur en veux même pas.

Tu respires calmement, malgré les hoquets que ton martyr t'inflige. Tu vogues vers la fin de l'histoire, dans une relative alacrité. Tu accueilles la douleur en ton sein comme pour la mieux dompter. Il te faut en faire une alliée, une compagne de voyage, puis une veuve. Tu n'es pas du genre à lutter contre l'évidence. Tu as suffisamment usé tes poings en révoltes superfétatoires, en combats perdus d'avance. Tu détends tes muscles, urines dans tes vêtements crasseux. Une chaleur douce irradie ton bas ventre.

Comme dans les récits postopératoires, tu aperçois un halo rassurant à l'horizon. Un point jaune, en plein cœur de l'obscurité. Il te semble que ton catafalque s'y dirige par la seule force de la pensée. Tu ajustes la focale, pour atténuer le flou. Les contours gagnent en netteté et la forme à demi mangée par la ligne de flottaison se dessine à portée de voix. Tu ne résistes pas, au contraire, tu te laisses attirer. Peut-être es-tu déjà passé de l'autre côté. Avec ton bras valide, tu accompagnes la trajectoire du radeau de plastique. La présence lumineuse te rassure. Tu la sais prompte à t'apporter l'amour qui rendra ton dernier soupir léger. Débordant de la surface, un disque jaune démesuré grésille telle une ampoule fatiguée. Tu forces sur ta nuque pour apprécier son envergure. Il n'existe pas de mots pour décrire le panorama. La nuit omniprésente. La terre dévorée par la mer. Les cadavres argentés. Le ciel sans astres. La lune tombée dans l'eau.

## LE SIXIÈME JOUR

*[Puis, Dieu dit: Faisons l'homme à notre image, selon notre ressemblance. Qu'il domine sur les poissons de la mer, sur les oiseaux du ciel, sur le bétail et sur tous les reptiles. Dieu créa l'homme à son image et il créa la femme. Il les bénit et il leur dit: Soyez féconds, multipliez, remplissez la terre. Dieu vit tout ce qu'il avait fait et trouva cela bon. Ainsi, il y eut un soir, il y eut un matin, ce fut le sixième jour].*

M'enfoncer dans la forêt morte me ramène aux premiers temps des hommes. Au règne de la peur, de la meute, de la survivance. La végétation dense, moribonde, silencieuse, dont j'entreprends la traversée, me change en proie. J'ai survécu aux plus féroces des hommes et des bêtes, qu'ai-je à craindre? *Aux rampants, aux oiseaux / Aux résidus de résineux / À la clarté enfuie / Au ciel fardé de suie.* Mes pieds s'emmêlent dans les racines. Je me rattrape avec les mains, gravis les buttes en laissant pendre ma langue. Les séismes répétés ont renversé des hêtres centenaires.

Ma rétine s'acclimate, développe naturellement sa nouvelle acuité. À force de subir l'obscurité, je distingue mieux les formes. Tout ce qui meurt au dehors renaît en moi. Chasse le savoir inutile. *La mathématique absconse des mécanismes financiers et des indicateurs macroéconomiques, agissait en anxiolytique.* La pente facilite ma progression à quatre pattes. Je franchis les obstacles avec l'agilité d'un lièvre. Je détale. Tout ce que l'on peut appeler Feu-de-bois détale avec moi.

Sous une roche veinée de radicelles tortueuses, un renfoncement fait une flaque minuscule, qu'un remous agite en surface. Le trop-plein ruisselle en suivant le dénivelé. Je m'agenouille pour boire à la source. L'eau est douce, claire, fraîche. La terre la prodigue pour ainsi dire naturellement. Je frotte mes mains, mes tempes sales. Je remplis la gourde et m'assieds un instant pour profiter du bonheur simple de ma découverte. La forêt est silencieuse, en cessant de respirer j'entends le clapot de la fontaine. Il demeure des éclats de pureté, enfouis dans les replis du monde.

* * *

Tu t'apprêtes à te faire happer par la lune. Le matelas de bouteilles vides sur lequel tu navigues te précipite dans son giron. Elle est blonde, arrondie comme le ventre d'une mère. Tu fermes les yeux. Fronces les muscles de ta figure. Au moment de la collision, tu crains le pire.

Le choc infime te fait seulement déciller. L'air est doux, empli d'une odeur de fumée de bois. Tu poses la main sur la surface moite de la lune. Tu en jauges la matière. Une sorte de Plexiglas très épais, tavelé de chiures d'oiseaux. Tu scrutes l'immense ballon de lumière, tourne autour tel un satellite sans le quitter des mains. Pareille à l'œil d'une mouche, la surface sphérique est couverte de facettes. Des losanges cassés par un pli central. Tu devines la présence d'un feu, de l'autre côté.

* * *

Les plantes ressemblent à ces champignons noirs des soupes chinoises. J'éclaire mon pied. Il écrase un scorpion, inerte parmi les jonquilles sauvages fanées. Les scorpions meurent toujours en dernier.

Je suis l'orientation de la pente, laisse vaquer mon esprit omniscient. L'eau bue à même la source me donne la force et la conviction. Mon corps sait que mes muscles doivent rester bandés, mes chevilles maintenues dans leur gangue de chairs pour éviter l'entorse. Mon état de vigilance accrue me permet d'entendre un bruissement à des encablures, de serrer les poings par anticipation. Mes épaules esquivent la chute des volatiles. Mes doigts déchirent les toiles d'araignées pleines de moucherons captifs. Mes semelles percent la peau ténue d'une vesse de loup, qui crache un peu de fumée. Le train d'une colonie de chenilles processionnaires s'est arrêté avant d'arriver au cimetière. *Le mimétisme culturel devint prétexte à l'uniformisation des comportements. L'individu cessa de cultiver sa différence pour se conformer aux attentes d'un modèle préconçu, inféodé au déterminisme consumériste.*

Je garde mon corps en mouvement, jusqu'au sortir de la forêt. Le dévers s'adoucit. Je m'embourbe dans le marécage d'une terre chargée de sang. Je badigeonne mes mains avec la glaise rouge, qui en séchant me protège du froid. Puis la mollesse du sol s'estompe au profit d'une croûte impénétrable de lave durcie. D'un pas leste, je saute les flaques. Ma voix se perd dans les brumes de monoxyde.

Mes yeux accoutumés ne me trompent pas. Je distingue la tôle blanche, cabossée. M'en approche à tâtons, rampant, le ventre en suspension tel un phasme. C'est un morceau de métal piqueté de rivets éclatés. Un rectangle gris mentionne une inscription alphanumérique à demi effacée. Je renifle l'objet en suivant ses courbes accidentées. *Le progrès deviendra un outil foncier, un supplément à l'humanité plutôt qu'une abscission.* Je cueille une chaussure dans le squelette d'un genévrier. Une lourde bottine de cuir d'un genre militaire, à la semelle épaisse, aux lacets encore serrés dans leurs œillets. Je joue avec, la jette puis la rattrape à la façon d'un chiot. Avant de la lâcher horrifié. Elle est remplie du pied coupé de son propriétaire.

* * *

Tu ne pèses pas grand-chose, vidé de ton sang et de ton courage. Depuis ta gueule béante, de longs filets de bave sanguinolents ondulent dans l'air. Tu gravis la lune, via une étroite échelle à crinoline. Te hissant avec peine, un barreau après l'autre, en t'aidant des arceaux de protection. Mourir au chaud, tu te dis. La belle vie.

Le bord circulaire de l'édifice délaie de pâles reflets dorés sur le marigot qui baigne le monde. Un moustique zézaye à ton oreille. Tu l'ignores sans le craindre. Au sommet, tu empruntes l'escalier de service pour t'enfoncer à l'intérieur. Un feu crépite au sol, sous le niveau de la mer, projette des ombres gigantesques sur la paroi concave. Tu t'assieds par terre, adossé à un secrétaire de métal galvanisé. L'espace, rond comme une piste de cirque, est aménagé en appartement de fortune. Des bureaux équipés d'ordinateurs d'ancienne génération sont recouverts de sacs de sel. Un télescope, dont l'optique mesure bien deux mètres de diamètre, pointe vers l'absence de ciel par l'ouverture sise au faîte du dôme. L'endroit est abandonné depuis peu. Tu t'attends à voir débarquer ses occupants à tout moment. *Bienvenue dans la coupole astronomique de l'observatoire de Marchenoire*, tu lis sur un poster désuet. *Le ciel à portée de main.*

La fumée du brasier central, érigé à même le plancher d'acier, te fait tousser. Chaque mouvement ravive la douleur, qui rayonne jusque sous ton crâne. La lune n'est pas tombée dans l'eau, il subsiste un semblant de cohérence en plein cœur de l'apocalypse.

Ce n'est que la lumière du feu qui transparaissait par le Plexiglas, et transmuait le dôme immergé de l'observatoire en un immense ballon d'or. L'accès d'origine a été condamné. Le niveau inférieur est inondé. Sur une vieille carte en plastique, le massif montagneux est représenté en surimpression. Les pics d'altitude supérieure à l'observatoire ont été coloriés en rouge. Des pointillés de la même couleur relient chacune des zones à explorer. Redessinent la carte du monde. Ces territoires t'évoquent les cicatrices de peau greffée sur le torse de ton garçon.

L'état actuel du paysage est reproduit minutieusement. Il subsiste deux îles majeures, deux *continents*, et six îlots de taille moindre. Dont le plus vaste, le Mont d'Airain, où Hélène repose en paix. Ton âme suicidaire a beau s'être dotée d'une solide volonté de survivance, tu ne te sens aucune velléité pour les conquêtes navales. Sur un porte-manteau, une blouse tachée de rouille a été oubliée. De la poche dépasse une perruque d'homme, qui te dégoûte un peu. En t'aidant des mains, tu déplaces ta jambe gauche pour faire un pas. Tu ramènes l'autre, en tentant de minimiser le poids du côté des blessures. Exsudant à l'excès, tu effectues un mètre ou deux en te dandinant comme une oie, t'assieds au poste d'observation. En position, sous le télescope, tu scrutes la nuit noire. N'obtiens aucune réponse.

* * *

Mon rythme est meilleur, et mon effort moins rude quand je détourne mon esprit du mal. Ma voix porte mieux désormais. *Quand vint le sacre du travail, nul ne dut en ignorer les affres.* Je mouche mes narines, avale le surplus de sécrétion suspendu à ma lèvre. *Il fut la cause originelle de pathologies physiques et mentales pouvant entraîner suicide ou mort par épuisement.*

Un mécanisme défensif m'interdit de penser plus loin que le prochain pas. J'oublie ma vulnérabilité. Je suis comme l'arbre, le chien, la chenille ou le cheval. Je suis comme la vague et le ciel noir. Comme l'air, le sel ou la roche volcanique. Il n'y a plus de limite entre le monde et moi. Nous formons un ensemble indivisible et solidaire.

Les morceaux de carlingue, plus clairs que la nuit, sont répandus sur des centaines de mètres. Je manœuvre entre les débris. Caoutchouc, ferraille démantelée, vêtements, valises de plastique défoncées. Jusqu'à la plaque épaisse d'une aile. Le nez de l'appareil est échoué au bout d'un long sillon creusé dans le sol. Cisaillé sur toute la longueur, il dégueule des corps en charpie, parmi d'autres mieux conservés. Des cadavres calcinés, dénudés, ensanglantés, raidis par une fin cruelle. Partiellement dévorés par les chiens.

La lampe à dynamo ne tient plus la charge, il faut mouliner sans faillir pendant une bonne centaine de battements de cœur pour que l'ampoule daigne s'allumer. Sous mes doigts, je sens l'inscription en relief sur le manche. *Made in Africa.* J'éclaire brièvement le carnage, avant de plaquer ma paume sur l'ampoule. Impossible de ralentir ma respiration saccadée. Les corps jonchés s'illuminent de nouveau. Ils portent des habits bariolés déchirés sur leurs chairs tuméfiées, leurs moignons à vif, mal dégrossis. Ils arborent des mines béates de statues cyanosées. Le silence règne. Aucune mouche ne volette. La brise légère fait danser la tubulure d'un masque à oxygène, encore soudé au compartiment bagage de la cabine. Un haut-le-cœur soulève ma poitrine, mais ma gorge se serre au bon moment. Le flot brûlant et âcre redescend vers mon estomac.

L'avion qui survolait la zone à la montée des eaux, a dû tenter d'atterrir en urgence sur cette mauvaise piste. Les passagers éparpillés témoignent de la violence du choc. Gagné par une fascination morbide, je promène le faisceau parmi l'enchevêtrement des membres abîmés. Certains gardent les yeux ouverts, la face modelée par l'horreur, le gilet de sauvetage dégonflé autour du cou. La lueur glisse sur leur pupille terne. J'enfouis mon nez dans mon ciré de vendangeur. Je me surprends à constater que la plupart des annulaires ont été sectionnés. Je cherche les mains, dans l'amas de viande froide. À toutes il manque des doigts. Tranchés nets à la première phalange. Les victimes du crash ont été pillées consciencieusement. Je ramasse un hochet d'enfant. Un petit jouet de caoutchouc, serti d'anneaux multicolores et de grelots en laiton. Je me faufile dans la saignée, entre les rangées de sièges penchés, pour rejoindre le cockpit. Je caresse le velours de l'appui-tête. Et la douceur de ce contact projette en moi une brève image maternelle. À la force des bras, je me hisse dans le poste de commande. Le pilote et son second ne portent que leurs sous-vêtements, et leurs chemises blanches gorgées de sang caillé. Chaussures, vestes d'uniforme, casquettes et pantalons assortis ont disparu. La radio a été réquisitionnée. Étrangement, c'est la mort qui me donne des signes de vie.

* * *

Les potentiomètres et les cadrans, sous les moniteurs de métal bleuté, constituent une source d'angoisses pour un technophobe de ta sorte. Près du sous-main, un carnet de brouillon gondolé précise les modalités d'utilisation de l'appareil.

– Citizen-band, tu murmures en déchiffrant l'écriture hiéroglyphique.

*L'émetteur utilise la bande des onze mètres, et un signal normalisé émis par itération.* Un schéma approximatif détaille les fonctions de chaque composant. *Le démodulateur relaie les messages avec une latence de 12 à 36 heures.* Des dizaines de messages ont été copiés à la hâte. Tu en parcours un au hasard. *Je sais que personne m'entend… Enfin, c'est pas…* Bruit d'oiseaux. *Barre-toi…* Battements d'ailes. *C'était juste pour dire que…* L'homme se mouche. *Pour dire à Marlène que je n'ai jamais cessé de l'aimer… Et que…*

Reniflements. *Je la sens avec moi… Là, au moment de mourir…* Bruits d'oiseaux. *Qu'elle me rassure… Il ne reste que ça au final, la sensation d'avoir aimé, d'avoir été aimé… Et je voulais la remercier pour ça. Marlène, je t'aime. Je… Je sais qu'on va se retrouver, et ça me fait du bien. Tu vois je souris de t'aimer.* Fin du message collationné.

Tu feuillettes le carnet, et prends une gifle magistrale. *Bonjour, enfin… Façon de parler,* tu lis. *Je m'appelle Feu-de-bois.* Reniflements. *Je suis… C'est la quatre ou cinquième nuit je dirais, et je suis…* Silence. *Au milieu de nulle part… Sur l'eau, dans un Zodiac des pompiers… Si vous m'entendez, et bien…* Silence.

– Feu-de-bois…

*Je vous souhaite bonne chance.* Fin du message collationné.

Tu trembles de haut en bas, en imaginant les mots déformés par la diffraction, en essayant de te représenter le silence autour de ton fils. Le son de sa voix. Ton estomac vide émet un borborygme interminable.

– Il est vivant, tu murmures.

Même si tu crois comprendre que le message a été passé il y a des heures, tu ressens une joie mêlée d'effroi. Un ordinateur se consume dans le brasier central. Il dégage des fumées toxiques qui peinent à s'évacuer par le plafond entrouvert de la coupole. Durant un long moment de silence tu entends distinctement chaque infime craquement des braises. La dilatation des matières incombustibles. Les reflux de gaz. Le goutte-à-goutte des infiltrations, à l'étage inférieur. À ta hanche, le cratère a cessé de suinter. Les blessures noircissent, le pourtour est rouge et gonflé. Tu as perdu beaucoup de sang.

Un filin d'acier s'embobine sur un treuil, pour actionner la trappe coulissante du toit. Du matériel informatique hors d'usage est bazardé sous les bureaux. Une plaque cuivrée indique le nom du site en lettres blanches, *Coupole astronomique. Observatoire de Marchenoire, 3614 m d'altitude.* Le voir écrit te permet de mieux mesurer l'ampleur du sinistre. L'immense majorité de la surface du monde est ravagée. L'orange de Paul Éluard n'a jamais été aussi bleue. Le bleu n'a jamais été aussi noir. Soulages a définitivement supplanté Klein.

Tu t'installes au bureau, plus déterminé que jamais à communiquer avec l'extérieur. Une diode clignote sans régularité, en façade du poste de Citizen-band. L'emploi de ce vieil appareil, conservé pour des raisons pédagogiques et remis en ordre de marche, n'a rien d'intuitif. Le mode opératoire griffonné sur le cahier de brouillon n'est d'aucun secours. Inlassablement, une pendule bureaucratique affiche un horaire dont plus personne n'a cure. À tes pieds, tu crois reconnaître des miettes de chips, des mégots de cigarettes et des noyaux de pêche, balayés par un mince filet d'eau.

* * *

Je croque le contenu du sachet de bonbons à la menthe forte, trouvé dans le vieux GMC. Une mousse acidulée envahit mon palais. J'ôte mes chaussures. Dans l'une d'elles, je fourre les branches de sauge pourpre de Rose. Je place mon soulier déformé sur mon visage. Le fumet de crasse humide et de cuir, mêlé aux senteurs de plantes et à mon haleine mentholée, couvre celui des miasmes. Je noue les lacets autour de ma tête, la pointe tournée vers mon plexus, en guise de masque à gaz. Les mains libres, je m'enfonce dans la soute de l'appareil échouée sur une crique de pierres carrées.

Parmi les bagages, une cage à oiseau déformée enserre le cadavre d'un perroquet. Cette partie de l'épave n'a pas été visitée, il reste du matériel électronique et des escarpins vernis. Des trousses à maquillage et des plaquettes de comprimés multicolores. *L'homme fit le songe ingrat de la vie éternelle. Avant de s'apercevoir qu'il fallait la mieux consommer dans la verdeur de la caducité, et non s'arroger le droit de la perpétuer.* Avec un tube de rouge-à-lèvres, j'écris ICI NUIT VI sur une surface plane qui s'avère être le dos d'un homme. Plus loin dans le tunnel aveugle, je me confonds aux corps amaigris de voyageurs clandestins, impossibles à dénombrer. Leur peau dure paraît bleue. Leurs dents ne brillent pas. Leur odeur me pénètre par tous les pores.

Je suffoque et panique en remontant vers la sortie. J'escalade la chair à pieds nus, quand un cognement sourd tonne contre la carlingue. Immobile, je veux retenir ma respiration mais un flot âcre et brûlant jaillit dans ma chaussure. Les coups frappent au dehors. Je suis un corps enfoui au fond d'un autre. Jonas dans le ventre du poisson.

* * *

L'une des facettes de Plexiglas vient de céder. Le niveau monte, étouffe les braises, atteint rapidement celui de l'extérieur, trois ou quatre mètres au-dessus du plancher. Tu tourbillonnes au milieu des registres et des feuilles volantes, laisses ton instinct de survie réaliser des mouvements de nage qui te déchirent les flancs. Tu te cognes contre la pendule, précipitée par le mouvement circulaire. L'eau paraît plus claire qu'au dehors, moins chargée de terre et de sel. Dans l'espace confiné, l'air est saturé de monoxyde. Tes doigts agrippent une chose velue, que tu repousses avec dégoût. Tu parviens à saisir la rampe de l'escalier de service, franchis les dernières marches au sec et passe la tête par l'ouverture. Au dehors, l'air n'est pas plus respirable. La température a chuté.

– Feu-de-bois, tu cries malgré les crampes à ta poitrine.

Ta voix porte loin. L'écho claque plusieurs fois contre d'invisibles obstacles.

– Feu-de-bois, tu répètes doucement.

Tu pleures. Ton fils doit flotter ici ou là, dans cette flaque immense qu'est devenu le monde moderne. Les événements inexplicables, les comportements observés, te laissent abasourdi. Tu n'aurais pas osé imaginer destin plus sombre à cette humanité.

– Crevez, tu murmures. Crevez tous comme des chiens.

La dernière fois que tu t'es senti dans un tel état, c'était après la mort d'Hélène. Tu ne pouvais cesser de te demander pourquoi. Pourquoi l'homme éprouve le désir de dominer, de se battre, de posséder, de nuire, de tuer. En quelle voie sans issue la civilisation s'est-elle patiemment égarée.

Par acquit de conscience, avant de te laisser glisser sur la paroi convexe, tu veux appeler encore ton fils. Te vider de lui. Quand tu auras crié tout ton saoul, admis l'infinité du vide, tu t'assiéras au sommet de l'observatoire, et te laisseras glisser sur le toboggan.

* * *

Parmi les corps, j'ai trouvé mon confort. Prisonnier de la soute, j'attends que l'auteur des coups portés depuis l'extérieur se soit évaporé. Dans le foyer d'une pipe d'écume, trouvée dans la poche d'un gilet, je tasse l'herbe magique. Bachir m'a légué de belles fleurs sèches et odorantes. J'embrase le tout avec une allumette, en tirant copieusement. Je crache une volute chargée de postillons, vacillant déjà sous l'assaut des premiers vertiges. *Arlequin* de l'an passé, je l'entends pavoiser. Récolte maison. Les notes de la kora fondent sur moi en pluie fine. Des mélodies entremêlées en épissure, jouées les unes sur les autres par des dizaines de doigts amputés. Je tousse.

La pipe s'éteint. Je grille ma dernière allumette. La musique retentit encore. Rose danse autour du feu. Jah remue la queue sur le bon tempo. Dalila se serre contre moi. Les doigts crochus de mon père décoiffent mes cheveux. Ma mère m'embrasse sur le front.

* * *

Dans une traînée de sang et de merde que nul ne devinera jamais, tu glisses sur la surface vitrée. Quand ton corps pénètre dans le grand bain, tu heurtes des branches mortes, des morceaux de polystyrène, des pots de fleurs. La froideur te saisit. Alors que tu t'agites pour remonter à la surface, tu rencontres une masse inerte, couverte de tissu et de peau glabre. Tu nages au milieu des cadavres. Dérobes un gilet de sauvetage, sur un corps qui n'en a plus besoin. L'enfiler met tes talents de danseur à l'épreuve.

Au détour d'une flaque de pétrole, tu retrouves ta promise. Tu palpes la chaînette à sa cheville, serres son cadavre malcommode contre ta poitrine. Sa nudité rigide. Vous roulez dans le noir. Vous dansez presque. Comète égarée dans l'espace.

Quand vos deux corps se stabilisent, l'étreinte se poursuit sans éclaboussures. Vous voguez sereinement. Tu as passé le bras autour de son cou, vous survolez la nuit, pareils aux amants de Chagall. Au-dessus des villes englouties. Inutile de garder les yeux ouverts, tu ne distinguerais pas tes mains dans l'absolue noirceur. Ton enveloppe corporelle s'allège, bientôt tu ne ressens plus la douleur autour de ton os iliaque perforé, de ta peau déchirée. L'humidité qui flétrit tes chairs, le sel qui ronge tes plaies, bientôt t'indiffèrent. Il y a Lilu, qui accompagne ton esprit vers les langueurs d'un crépuscule imminent. Il y a ton fils, dont tu sais qu'il survit en d'immédiates provinces, en qui tu crois, à qui tu lègues ton âme déficitaire. Il y a celle qui fut ta compagne. Hélène, dont tu n'oublieras la bonté, la hauteur de vue, l'infinie qualité du verbe et de l'écoute, la grâce. Il y a le monde atone et puant, que tu quittes sans l'once d'un regret.

## LE SEPTIÈME JOUR

*[Ainsi furent créés les cieux, la terre, et toute leur armée. Dieu acheva au septième jour son œuvre, et il se reposa. Dieu bénit le septième jour, et il le sanctifia].*

Ma salive est trop chaude. Je sais la fièvre capable de rendre fou, donner des hallucinations, terrasser le plus costaud des truands. Je sais mes forces perdues, mon moral déclinant. Je bois. Lentement, comme un vieillard. Ma gourde est vide. Dans cette abominable puanteur, je voudrais me dissoudre. Mon tombeau de fer et de chair s'illumine soudain.

– Fous le camp sale bête !

Un faisceau jaune pâle lèche les corps des anciens candidats à l'adoption.

– Tu m'entends le clébard ? Fous le camp.

C'est la voix d'un doux dingue, du grand benêt dans les westerns. Je perçois les gens désormais, comme un chien sent la réticence d'un humain à le caresser. Je dois me manifester. Ensuite, je pourrai me laisser aller, m'abandonner aux langueurs du coma.

* * *

La nuit ne fait de toi qu'une seule bouchée, qu'elle mâchouille lentement comme la pulpe blette d'un vieux fruit. Tu ne réagis pas aux signaux infligés à ta rétine, ni aux injonctions fumeuses que l'on martèle à tes oreilles. En transit, tu patientes dans l'antichambre du sommeil. En laissant la boue coloniser tes poumons, tu n'as revu qu'une seule seconde de vie passée. Une image augmentée de sensations. Une seconde émouvante, tellement banale que tu ne te rappelais pas l'avoir vécue. La mort sépare le grain de l'ivraie. En son sein, l'anodin revêt la parure de l'acmé. Une seconde, une éternité. La lumière tamisée par les rideaux de l'appartement. Feu-de-bois sur sa haute chaise à boulier, le visage barbouillé de traces de nourriture. Hélène sur tes genoux, le café fumant dans les tasses, à la fin d'un quelconque repas dominical. Une seule seconde de perfection, déconcertante de simplicité. Trois sourires imprévus, trois estomacs repus, trois esprits légers.

* * *

La tache jaune de sa frontale rebondit au rythme de son allure. Il pousse une brouette déglinguée. Son corps tordu ressemble à un collier d'ossements. Son visage émacié furète dans toutes les directions comme une tête de poule. Depuis ses chevilles, deux bracelets métalliques actionnent une tringlerie de fil de fer. Chacun de ses pas entraîne le moulinet d'une petite lampe située sur son chapeau. Les chocs répétés font claquer ma mâchoire molle. La brouette rebondit sur les pierres, vire sans prévenir. S'enfonce dans un trou d'eau saumâtre, où mon porteur inonde ses bottes. Je suis en nage. Une chaleur nouvelle irradie mon bas-ventre.

J'ouvre l'œil quand des mains soulèvent mon corps jusqu'à une vaste plateforme flottante. Les tringles accrochées aux bottes tintent. La frontale clignote, dès lors que les mouvements se font plus lents. J'observe les flots, qui font gîter l'embarcation de rondins et de planches. Des gilets gonflables orange habillent le pourtour. À l'avant, deux cadres de bicyclette sont fixés à la plateforme. Le pédalier actionne les roues arrière hérissées de pales, passées au travers de meurtrières. Une femme athlétique dans la soixantaine attend le signal du départ, calée sur la selle. On me dépose dans une panière d'osier.

– Bonjour Feu-de-bois, bienvenue parmi nous. Je m'appelle Hildegarde.

– Séti, dit l'autre avant de se tourner vers sa partenaire. Il est très faible… Je l'ai trouvé dans la queue de l'avion.

– Donne-lui un peu de sapin.

Séti soulève le couvercle d'une malle, en sort une bouteille sans étiquette. Aux quatre coins du radeau, des mâts supportent de petits lampions à dynamo. À la proue, la lame blême d'un fanal cisaille l'obscurité. La liqueur me brûle l'estomac. J'acquiesce néanmoins quand on me propose une autre lampée.

– Mais c'est qu'il aime ça !

Séti n'a plus d'incisives, en haut comme en bas. Il s'envoie une rasade de tord-boyaux, laisse la bouteille dans le panier, et marche en s'équilibrant des bras pour rejoindre son vélo.

L'embarcation quitte la rive en clapotant quand le couple pédale. Les lumières s'allument, en haut des mâts. Enfin je partage les choix de mon orientation, la responsabilité de ma survie. Je peux redevenir un gosse. Un tronc mort roule lentement sur lui-même, quand nous le dépassons.

– On dérive, dit la femme en bloquant son pédalier.

L'embarcation vire à tribord, et Hildegarde reprend le mouvement. Je biberonne l'alcool de sapin, en rêvassant. Impossible de comprendre l'origine de cette érection, que je cache honteusement. *La déification phallique participait d'un rigoureux ordonnancement séculier.* L'alcool coule sur ma pelisse, anesthésie mes lèvres, ma langue, mes pensées. *Ce pieu, intrusif et fouisseur, semblait ajouter à l'homme ce dont la femme avait été dépossédée.*

Quand je tends le cou par-dessus le panier d'osier, l'éclat embue ma cornée. Des centaines de taches orangées suivent les courbes abruptes d'un pic aux proportions imposantes.

– Où est-ce que vous m'emmenez ?

Les adultes pédalent à bon rythme, sourds à ma voix fluette qui se perd dans le vent.

– Séti !

L'homme sans dents me fait face.

– Doucement sur le sapin, gamin !

– On va où ?

Hildegarde m'observe à son tour. Son visage aux traits durs se laisse attendrir par de longs cils.

– Le Mont d'Airain, elle dit d'une voix essoufflée. Le paradis sur terre.

Au détour d'une manœuvre, le Christ m'apparaît. Les mains et les pieds perforés. Le front cerné d'épines. Fier sur sa croix.

* * *

On ne passe pas de vie à trépas en claquant des doigts, ou en faisant cracher Attila. C'est un lent processus pareil à celui qui transforme l'enfant en homme, la femme en mère. Il te faut arpenter les rebords pentus de la vie, pour découvrir l'unique sortie.

* * *

Le calvaire est fiché dans l'eau. Les pieds du crucifié, un mètre au-dessus de la surface, suintent leur sang factice. Dans le faisceau du fanal, je reconnais l'œil triste du messie, sous lequel nous avions mangé en silence, avec mon père. Le jour où j'avais déposé la pierre qu'était devenue ma mère.

Je ne quitte pas la croix des yeux, alors que nous approchons de la rive. Le radeau accoste un ponton, parmi d'autres embarcations de fortune. Une jonque au mouillage, des chambres à air de tracteur rassemblées, une barque semblable à celle qui fut mienne. L'ivresse contient la fièvre. Hildegarde me soulève, accompagne mes pas sur la terre ferme.

– T'es attendu, tu sais.

Séti tourne une lourde manivelle sur un pylône métallique, et les poulies entrent en rotation. Un vaste réseau de câbles aériens s'anime. Une fois mis en branle, le système alimente des centaines de lampions. Les guirlandes s'allument progressivement pour éclairer la piste devant nous. La scène dépasse l'entendement.

– Tu veux monter dans la brouette ?

– Non, je peux y arriver tout seul.

– Laisse-moi au moins prendre ton sac.

Je mets un point d'honneur à terminer mon périple debout. *Il fallait qu'au sentiment d'humiliation constant de l'exploité se confonde celui réconfortant de l'espérance d'un prochain revirement. Ainsi se poursuivrait la ronde inepte et chroniquement recommencée des égos impatients.* Je crache dans la poussière.

– Qui m'attend ?

Séti désigne une cabane de pierres sèches.

Une lampe à huile brûle, suspendue à un clou fiché dans la poutre. Une chaise attend, face à une table où repose la tête échevelée d'une femme sur un oreiller grisâtre. Ça sent le méthane et le linge mal séché.

Je m'assieds, détaille l'occupante assise les bras pendants le long du corps, pliée au niveau du bassin.

Elle dort sur l'oreille gauche. Je devine sa respiration ténue. Son crâne blanc sous ses cheveux gras. Elle émet un bruit de salive, marmonne un charabia ponctué d'un *voilà,* et se rendort. Au coin de la table, une sphère de pierre poreuse, semblable à celles que deviennent les défunts, tient lieu de presse papier. Posée au sol, une cage à oiseau ne contient qu'un malheureux os de sèche, accroché à un fil de fer. Au mur, une affiche délavée représente un cube rouge d'où jaillit la lumière, qui lévite au-dessus d'une montagne. L'iconographie m'intrigue et me transporte. Bien qu'elle ait l'incongruité d'une image pieuse, j'y soupçonne un je-ne-sais-quoi de familier.

J'approche mon nez de l'oreiller de la Dormeuse, pour confirmer l'origine du fumet incommodant, quand elle relève la tête. Sa vieille joue est striée par les plis du coussin noir de crasse. Elle contourne la table pour m'enlacer, et accole ses mains rêches comme du papier de verre sur mon visage.

– Feu-de-bois.

Elle est gagnée par l'émotion en prononçant mon nom.

– C'est bien toi.

Je me dégage de l'emprise de la vieille.

– Montre voir…

Elle fait jouer l'attache de mon sac, sort les bocaux de Rose, en colle un sous son nez. L'eau déforme et jaunit son œil. Trois têtards battent mollement de la queue, un quatrième flotte en surface. La vieille femme pose les bocaux sur une étagère en hauteur, derrière elle.

– Voilà, elle dit.

Sur la table elle dispose mon coutelas de foire, la fiole d'encre de chine, le hochet à grelots glané dans la carcasse d'avion.

– Le sceptre passera de main en main, elle dit en secouant le hochet. Ceci, je te le rends. Tu devras le faire fondre.

Je fourre le couteau dans ma poche. Mon seul désir conscient tient en un mot. Fuir.

– Le dernier livre, elle dit en tournant délicatement les pages.

Sa langue claque plusieurs fois. Un bruit de talon de botte dans un marigot. Elle saisit le marque-page, l'approche de la lumière. Le papier glacé reflète la lueur de la lampe, qui fait comme un soleil. Elle retourne la carte postale, trouvée sur le corps du suicidé, dans le jardin près du fleuve. Il y a de ça une éternité. Elle dévisse le bouchon de la fiole, trempe son petit doigt dans l'encre noire, et trace le chiffre 7, à côté de l'inscription ICI NUIT.

Puis, la Dormeuse se lève. Son dos est plus courbé qu'une voûte d'église. Elle a au moins mille ans. Ses doigts squelettiques déboutonnent ma chemise, ouvrent les pans du tissu sur mon torse. Elle repousse son vieil oreiller, la pierre et la paperasse. D'un tiroir, elle sort un drap blanc qu'elle déplie pour l'étendre comme une nappe. Elle dit *voilà,* après chaque action microscopique.

– Ne bouge pas, elle ordonne en faisant couler l'encre de chine sur mon ventre.

C'est froid, épais, soyeux. Comme de la nuit liquide. Elle en met la moitié à côté. Sans rien dire d'autre que *voilà,* elle m'allonge bras tendus, le ventre à même le drap. Quand je me redresse, l'empreinte de mon corps est imprimée en noir sur blanc. Les tissus cicatriciels font comme un archipel. Elle pend le drap sur des crochets, prend du recul, observe le résultat.

– Voilà, elle dit. Tu as bien travaillé.

Elle baille une nouvelle fois, remet chaque chose en place sur son bureau. L'oreiller, la pierre, les papiers. Après une foule de réajustements, ponctués de *voilà,* elle s'installe à sa place, pose sa joue gauche sur l'auréole de crasse. Sa langue claque encore deux ou trois fois. Puis des ronflements tonitruants retentissent.

* * *

Dans l'absolu néant, il ne te reste que le sentiment d'être ramassé comme un galet, soulevé dans les airs, enrubanné de gaze, jeté dans le vide. C'en est terminé de ce que tu étais. Ton esprit s'éteint comme un feu dont les braises rougissent encore dans le vent.

Un poème.

Et puis plus rien.

* * *

L'accueil de la Dormeuse me laisse un goût amer. À moins que ce ne soit l'herbe ou le sapin. Aux dires de mes nouveaux voisins, rien de moins normal.

En dépit de ses fulgurances prémonitoires, elle est tellement étrange qu'on ne sait comment se comporter en sa présence.

Hildegarde m'accompagne sur l'autre versant. Séti nous quitte pour rejoindre le village.

– Elle a dit qu'elle m'attendait.

– Qui ça ?

– La Dormeuse.

– On t'attendait tous, Feu-de-bois.

La guirlande montre des signes d'usure, nombre d'ampoules sont grillées de ce côté, plus exposé aux vents. Ceux qui vivent là sont installés depuis des semaines, voire des mois.

– Vous êtes nombreux ?

– On va te présenter, tu verras.

– Combien ?

– Pas beaucoup.

– Dix ?

– À peu près, oui.

Sept nuits de lutte et de solitude ont sérieusement entaché la confiance que je prête aux adultes. Moins ils sont, mieux ce sera.

– Et il y a des enfants ?

Hildegarde élude une nouvelle fois.

– Allez courage… Tu entends ? On est presque arrivé.

– C'est quoi ?

– Le bruit du groupe électrogène qui alimente la bergerie… On l'utilise le moins possible, les réserves de carburant s'amenuisent vite.

Une fois devant la grande porte de tôle, elle frappe du plat de la main, avec insistance. Rien ne se passe, puis on entend claquer le mécanisme de la serrure.

– Qu'est-ce que c'est ? demande une voix étouffée.

– Il est là.

– Qui ça ?

– Ouvre.

La porte à galandage grince, et un homme court de taille avec une barbe immense passe la tête par l'embrasure. Des néons diffusent une lumière écrue étourdissante. De part et d'autre d'une travée centrale cimentée, des lits de camps sont disposés dans des boxes anciennement réservés au bétail. De la paille couvre le sol et des cloches pendent de la charpente. La plupart des couches sont vacantes.

– C'est une vraie ? je demande, la voix déformée par l'ivresse.

– Quoi donc ?

– La barbe.

– Bien sûr que c'est une vraie. Il a l'air en bonne forme, il dit à Hildegarde.

– Je crois qu'il a de la fièvre.

Alcée pose la main sur mon front, fouille sa poche de blouse, et me tend deux gélules rouge et jaune.

– Tiens prends ça, tu vas voir la vie en rose.

– C'est que…

– Quoi donc ?

– Je sais pas faire avec les comprimés à avaler.

– Faut un début à tout, il dit. T'es un homme à présent.

Avec de l'eau, je fais descendre les pilules dans ma gorge comme des noyaux d'olives. Elles dégringolent au fond de mon estomac sans se coincer nulle part.

– Repose-toi, dit Hildegarde en m'accompagnant jusqu'au lit. On se retrouve après.

J'ai la tête qui tourne. Hildegarde m'embrasse sur le front. Et tout-à-coup, le monde semble meilleur.

* * *

*Que vivent ou que trépassent, emportés par les eaux*
*Veaux, vaches, cochons, oiseaux, et tous ceux de ta race*
*T'indiffère la menace qui plane sur tes os,*
*Le sang de tes vaisseaux, et ta peine s'effacent*

* * *

Je contemple mon corps nettoyé. Mes cuisses et mon pubis sont couverts d'un duvet noirci par l'encre, dont je découvre l'existence. Mes muscles dessinent des stries sur la peau suppliciée de mon ventre, pareilles aux marques du vent sur la poussière d'une terre brûlée. Je vacille en me levant, pisse dans un seau que je renverse dans la paille sans le faire exprès. Deux gouttes d'or translucides refusent de rejoindre la flaque, et volettent comme des bulles de savon. Je les vois passer sous mon nez avec un amusement dégoûté.

Je remonte l'artère centrale de l'infirmerie, pousse la porte. L'air est doux. La piste mal éclairée. Je me dirige vers la lueur du feu, à proximité du sommet. Ma convalescence m'a remis d'aplomb. Je retrouve l'humanité avec le sentiment confus d'avoir quelque rôle à y jouer. J'ai faim. De nourriture et de rencontres. Des planches vermoulues retiennent la terre pour former des plateformes cultivables en espalier. Au pied d'un pylône, je tourne la roue qui déclenche l'éclairage. Les ampoules scintillent, jusqu'au hameau des survivants. Une poignée de bicoques, disséminées autour d'un brasier aménagé en forge. À l'entrée du premier logement, au bord du chemin, le sourire édenté de Séti m'accueille. Il est penché sur un jeune homme au torse dénudé, accroupi sur un tabouret de cireur.

– Alcée t'a remis d'équerre ?

Séti manipule un rasoir électrique câblé à une batterie de voiture. D'une pointe fixée au bout de l'appareil, suinte un liquide brunâtre. Un pot de cirage ouvert repose sur son genou.

– Il vient d'arriver, je dois le marquer. Tu peux rester, ce sera ton tour, après.

Le nouvel arrivant serre la manche de son habit entre ses dents. Séti trempe la mine dans le cirage, presse l'interrupteur, et la pointe entre en vibration. Séti comprime le bras de son cobaye entre ses jambes et entreprend de lui tatouer l'épaule. Les narines du type se dilatent comme les naseaux d'un bœuf, il transpire en soufflant dans le tissu baveux. Une fois l'arête du poisson terminée, l'œil achevé, Séti essuie le sang avec un vieux chiffon et verse de l'alcool de sapin sur la plaie. Puis il caresse la nuque de la nouvelle recrue comme s'il flattait la croupe d'un cheval.

– C'est bon, tu peux y aller.

Il accompagne le geste à la parole.

– Il comprend pas un mot de ce qu'on lui dit, précise Séti. Allez, va !

Séti mime un toit avec ses mains, avant de les joindre en prière pour faire un oreiller contre sa joue.

– Dormir, il dit. Toi trouver endroit pour vivre.

L'homme se tient le bras, il a renfilé son polo plein de salive.

– Quand il sera bien installé, il nous montrera ce qu'il sait faire… Il a l'air costaud, c'est bon pour la communauté.

À coup de sapin, Séti désinfecte la pointe du stylet pleine de sang et de cirage.

– C'est vraiment obligé ?

Le tatoueur dénude ses gencives, aère sa denture en créneaux de château fort.

– L'obligation appartient au vieux monde… Le rite matérialise le refus de te soumettre aux règles, aux lois, à tout ce qui a toujours obligé les peuples. Une fois tatoué, tu seras un homme libre.

Je soulève ma manche, penche la tête du côté opposé. Séti s'applique. Les traces des substances ingérées agissent encore. *Une société sclérosée par la norme ne pouvait qu'enfanter la rigueur, la soumission, l'uniformité des comportements, et bannir toute inclinaison à l'indignation.* Je retiens mes larmes, malgré les piqûres insoutenables dans ma peau tendre. Malgré le sang en filaments jusqu'à mon coude.

– Merci, je dis en reniflant. Je dois trouver où dormir maintenant ?

Le triangle, symbole du feu, cuit la chair de mon bras.

– Non, non, pour toi c'est différent, on te montrera tes appartements... D'abord il faut finir ton admission.

Séti ouvre la voie, m'entraîne vers la forge. Un four en pierre à la gueule béante diffuse une chaleur douce. La faim creuse un trou dans mon estomac. Près d'un billot de bois, une femme aux cheveux courts et bruns dort dans un hamac.

– Joane, il dit doucement. Joane... L'enfant est là.

Elle ouvre un œil, avant de se redresser dans un mouvement de panique.

– Qui ? Ah ! Il est là !

Elle penche la tête, tire la langue. Ses mimiques semblent régies par un réseau de capteurs électriques miniatures.

– Désolé, on te réveille.

– Je rêvais que je prenais le train... C'est lui ? Bonjour, elle dit. Feu-de-bois, c'est ça ?

J'opine, amusé par l'excitation enfantine de cette femme. Elle porte une robe à volant bariolée, un anneau de fer dans le nez et une longue mèche entremêlée de laine part de son crâne rasé pour venir caresser sa hanche.

– On t'apporte du travail.

Joane défroisse sa tenue en patchwork, attrape un tablier de cuir. Elle tord sa bouche avant de prendre la parole.

– C'est pour quoi ?

Je vide ma poche de pantalon.

– Couteau.

Le canif passe de main en main. Séti déplie la lame, émoussée et tordue. Joane jette du charbon dans l'âtre, allume la soufflerie en pressant du pied l'interrupteur d'une antique lampe halogène reliée à une batterie aux cosses rouillées. Un sèche-cheveux désossé permet au foyer d'atteindre la température de fusion des métaux. Par la suite, Joane retravaille ses alliages, explique Séti. Elle les coule dans des moules en résine pour former de petites figurines. Ce sont ces effigies qui tiennent lieu de recensement. D'autres pièces attendent d'être fondues, une carabine à air comprimé, une machette et un club de golf ensanglanté.

* * *

*Tu t'étioles à mesure que tu rejoins les nues*
*Dans le secret tu crains, en ces lointains parages*
*De fendre ton armure, savoir ton âme à nu,*
*Du haut du Mont d'Airain, tu admires les mirages*

* * *

Hildegarde remonte du port, accompagnée d'Alcée et du gars nouvellement tatoué. La brouette est pleine de fusils et d'uniformes. On m'apprend qu'un sous-marin militaire s'est échoué sur une crique isolée. Les armes seront fondues, les costumes délestés des grades, et déposés dans la grotte, derrière le hameau, pour être lavés de leur odeur de mort. Les calligraphies hangeuls retrouvées sur le tableau noir, dans la salle de commandement de l'appareil, seront rigoureusement reproduites sur les parois.

– Viens, dit Hildegarde. Je te fais visiter pendant que les hommes préparent à manger. C'est là que nous stockons les réserves…

À cet endroit, la montagne s'ouvre sur un passage en forme de bouche renversée. Hildegarde me montre les conserves entassées par anticipation, les bouteilles d'eau en verre, les batteries de voiture électrique, la source au fond de la grotte pour la toilette.

– Elle a un goût de souffre, mais elle est potable.

Une cantine métallique contient des médicaments. Des havresacs siglés d'une croix rouge sont entassés près des réserves de farine, de sel, de riz, de charbon et d'un tonneau d'alcoolat de distillation de pin auquel les survivants semblent prêter de nombreuses vertus. Un homme fait sa lessive à genoux avec une planche et un bout de savon.

Je réalise, à mesure que la fièvre et les effets des psychotropes se dissipent, que je suis arrivé. Des forces supérieures, enfouies peut-être au fond de moi, m'ont guidé sur cette île où s'échafaude le monde d'après. Hildegarde m'explique le fonctionnement de la cabine radio, qu'il faut surveiller étroitement.

D'autres vivent encore, ailleurs, tout autour. Et nous sommes disposés à les accueillir.

Nous passons devant le téléphérique, dont la carcasse rouillée a été déplacée en amont du village, sur la dernière plateforme accessible avant le pic. Un matelas double est installé à l'intérieur du cube rouge. Draps blancs. Jouets en plastique, statuettes colorées, cierges allumés.

– Ce sera ta chambre, elle dit sur le ton de la confidence.

Non loin, une cabane de planches dissimule un siège d'aisance, des sacs de sciures.

– Ils ont trouvé un poste à souder dans le sous-marin, dit Hilde en continuant la promenade. Ils pensent pouvoir récupérer du carburant dans le fond de la cuve aussi.

Je ne dis rien, penché sur mes pieds nus qui dévalent la sente en direction de la place centrale. Mes pas sont légers, j'ai la sensation de flotter.

– Ça recommence, elle dit d'un air soucieux.

– Quoi ?

– L'attraction terrestre est en train de changer.

Autour de nous, des aiguilles de pin desséchées s'envolent comme des nuées de mouches.

Alcée prépare la table sur le billot, place les assiettes en surveillant le chaudron fumant rempli de haricots rouges. Je place les timbales d'acier. Treize au total. Trois bouteilles de sapin, autant de corbeilles de pain encore chaud d'avoir cuit sur la pierre. Des jumeaux blonds et joufflus, entre deux âges, sortent de leur tanière, visiblement en rénovation. La charpente nue attend sa couverture. Ils me saluent avec déférence.

– Bienvenu dans le trou du cul du monde, dit l'un en piétinant un tas de sciure rosi par la pluie.

Le lavandier redescend avec son linge sous le bras.

– Dernier bastion de l'humanité.

Alcée écoute d'une oreille distraite en versant des louches de haricots dans les assiettes.

– On va passer à table, tu veux sonner la cloche, Feu-de-bois ?

Je tire la chaîne, sur la façade de la maison de Séti, pour ameuter les habitants. D'ici, je distingue parfaitement la silhouette à contre-jour de l'homme qui étend le linge. Sur le fil, il suspend une petite robe blanche rendue transparente par l'humidité, tâchée de sang rose clair à l'entrejambe.

* * *

*Dans les vapeurs d'éther, se meut le dernier né*
*Une esquisse, un dessin, une ombre délétère*
*Naufragé volontaire, descendant décharné,*
*Il trace le dessein de la fin de la terre*

* * *

Joane insiste pour lire un passage du livre.

– *Les survivants,* elle dit d'une voix maternelle, *libérés de leurs vices d'antan, mêleront la crème à la lie en un soluté enclin à bâtir une civilisation consciente. L'enfant rédigera l'histoire nouvelle d'une plume sûre, comme la sienne fut contée d'une main racornie par les épreuves du temps. Il engendrera sans remords, chérira la Terre et ce qui la peuple avec la charité immuable, l'amour d'un Père voué à son Fils.*

Je bois ses paroles. La nourriture me procure de la joie. Les jumeaux bavardent, à ma gauche.

– Ils ont même trouvé des matelas…

– Quelle taille ?

– Soixante.

– Sont pas exigeants les bridés.

– Et des couvertures chaudes, pour le retour de l'hiver.

La place juste à ma droite est vide. En face, Séti et Hildegarde m'expliquent le fonctionnement de la communauté, les prédictions de la Dormeuse, la gouvernance partagée. Plus tôt dans la soirée, un noyé qu'on pensait encore secourable est décédé. On a jeté son corps dans une crevasse, sans plus de cérémonie.

Joane me dévore des yeux, en se goinfrant de haricots rouges. La Dormeuse n'a pas touché au contenu de son assiette, ses yeux mi-clos témoignent d'un état de somnolence avancé. L'assemblée se tait, pour accompagner l'arrivée à table du dernier convive.

– Dalila.

Elle porte une robe de bure mal taillée, ses cheveux sont tressés à l'indienne.

Je me lève. Ma tête tourne. Dalila me toise, fait le premier pas, pose la joue contre mon épaule. Elle sent le savon noir. Parmi les griffures de ronces, sur son bras, un soleil d'encre cicatrise.

– Je savais, elle dit en reniflant.

Ma main posée sur sa nuque l'apaise. Le silence est le plus bel habit des retrouvailles. Quand nous reprenons la parole, le charme est rompu.

– Je voulais pas te laisser…

Dalila s'assied à ma droite.

– Il m'a tapée ici, on voit encore la marque.

Un bleu fait une ombre sur sa tempe. Je partage le pain en fuyant son regard.

– Il m'a jetée dans le bateau, et… Quand j'ai repris connaissance on était déjà loin, au milieu de l'eau. Il a trouvé une île, pour qu'on s'installe… Un endroit minuscule, complètement désert. Il voulait tout le temps faire des trucs bizarres… Une fois, alors qu'il tenait son machin dans ses mains pour faire pipi, j'ai attrapé le club de golf et je lui ai mis un coup dans l'oreille.

J'imagine la grosse tête du type en pyjama se déformer sous l'impact du *putter.*

– Il est tombé, mais il remuait en se protégeant le visage avec ses mains toutes mouillées… J'ai dû lui cogner sur les doigts, sur le nez, partout… Lui casser les dents… À la fin ça faisait comme de la bolognaise de tofu… Il bougeait toujours, et son machin à l'air remuait entre ses jambes, quand j'ai repris la mer.

Les autres écoutent le récit de la fillette en s'empiffrant de pain et de haricots. Mon estomac grouille d'étonnement.

– La Dormeuse, intervient Séti. Elle a vu la barque en rêve, empêtrée dans les cimes derrière.

De la bave et du jus lui dégoulinent sur le menton. Ses gencives luisent sous la lumière que prodiguent le brasier proche et la guirlande. Alcée lève son verre de sapin à notre santé. Un ange passe. Dalila plonge la main dans un saladier rempli de noix. Elle en choisit une, qu'elle secoue près de son oreille avant de l'ouvrir avec l'ongle de ses pouces. L'intérieur est plein de poudre noire. Elle souffle dessus, dissipe le nuage d'un geste emprunté, puis pioche une autre noix dans le saladier. Dans sa paume, la coquille s'anime.

– Regardez, dit l'un des jumeaux.

La carapace ridée comme un fruit blet, tremble et vacille.

– Si la gravité continue de diminuer, les maigres s'envoleront les premiers, ajoute son frère en se resservant une louche de haricots.

Tout doucement, la jeune fille retire sa main. La noix flotte au-dessus de la table, devant les regards médusés de la communauté. Minuscule planète vide en lévitation, tellement vulnérable, sur laquelle Dalila referme le poing.

REMERCIEMENTS

Si l'écriture est une activité solitaire, la publication d'un roman est une entreprise collective. Je tiens ici à remercier celles et ceux qui ont contribué à rendre ce texte meilleur. En premier lieu, Josée Guellil, Sylvie Lemaire et Olivier Bois, pour leur confiance, leur enthousiasme et leur audace. Mélanie Trapateau, Nadège Agullo, Caroline De Benedetti, Luc Angélini et Emilie Colombani m'ont dispensé de précieux conseils. Clémence, Elsa, Antoine, Naomi et Thibaud ont enduré de fastidieuses lectures. Durant les différentes phases de maturation du projet, Aurélien Masson, Sébastien Wespiser, Stéfanie Délestré, Bénédicte Lombardo, David Meulemans, Manuel Tricoteaux, Bertrand Guillot, Bernard Munoz, Jérémy Fel, Gildas Guyot, Mickaël Mention, Nicolas Mathieu, m'ont écouté, rassuré, aiguillé, ou encouragé. Merci au bar chez Fred, à Bordeaux, de tolérer ma présence régulière. Toutes mes sympathies à Jean-Charles Lajouanie et Caroline Lainé. Des bises aux libraires, le Gang de la clef à molette, le Passeur, les Cordeliers, la maison de la presse Mondésir, Lacoste, Mollat, la Machine à lire, et tous les autres… Merci à vous, enfin.

## BIOGRAPHIE

Yvan Robin est né en 1983, il vit à Bordeaux. Arrivé en littérature par la musique et la poésie, il écrit des romans noirs depuis une dizaine d'années.

## DU MÊME AUTEUR

*La Fauve,* éditions Lajouanie, à paraître.

*L'Appétit de la destruction,* éditions Lajouanie, 2019.

*Travailler tue !,* éditions Lajouanie, 2015,
Lajouanie Poche 2020.

*La Disgrâce des noyés,* éditions Baleine, 2011.

Achevé d'imprimer en U.E. en août 2021.
pour les Éditions In8
Serres-Morlaàs

Dépôt légal : septembre 2021